Encontro em Ouro Preto

GERALDO HOLANDA CAVALCANTI

Encontro em Ouro Preto

EDITORA RECORD
RIO DE JANEIRO • SÃO PAULO
2007

CIP-Brasil. Catalogação-na-fonte
Sindicato Nacional dos Editores de Livros, RJ.

C365e Cavalcanti, Geraldo Holanda, 1929-
Encontro em Ouro Preto / Geraldo Holanda Cavalcanti. – Rio de Janeiro: Record, 2007.

ISBN 978-85-01-08044-8

1. Conto brasileiro. I. Título.

CDD – 869.93
07-3556 CDU – 821.134.3(81)-3

Capa: Carolina Vaz

Direitos exclusivos desta edição reservados pela
EDITORA RECORD LTDA.
Rua Argentina 171 – Rio de Janeiro, RJ – 20921-380 – Tel.: 2585-2000

Impresso no Brasil

ISBN 978-85-01-08044-8

PEDIDOS PELO REEMBOLSO POSTAL
Caixa Postal 23.052
Rio de Janeiro, RJ – 20922-970

"Estamos agora em condições de precisar e completar nossa definição do fantástico. Este exige que três condições sejam preenchidas. Primeiro é preciso que o texto obrigue o leitor a considerar o mundo dos personagens como um mundo de criaturas vivas e a hesitar entre uma explicação natural e uma explicação sobrenatural dos acontecimentos evocados. A seguir, esta hesitação pode ser igualmente experimentada por uma personagem; desta forma o papel do leitor é, por assim dizer, confiado a uma personagem e ao mesmo tempo a hesitação encontra-se representada, torna-se um dos temas da obra; no caso de uma leitura ingênua, o leitor real se identifica com a personagem. Enfim, é importante que o leitor adote uma certa atitude para com o texto: ele recusará tanto a interpretação alegórica quanto a interpretação 'poética'."

(TZVETAN TODOROV,
em Introdução à literatura fantástica)

Sumário

Encontro em Ouro Preto

Talvez agora tudo se esclareça. Procuro disfarçar minha inquietação e pretexto cansaço por um dia de muito trabalho, uma dor de cabeça. Coloco os drinques sobre a mesa para não ter que servi-los. Poderiam notar como minhas mãos estão trêmulas.

Sérgio colou os filmes na ordem em que minha mulher os arranjou.

— Não cortei nada, foi logo dizendo. Apenas juntei tudo num rolo para não ter que estar parando a toda hora. Depois você me diz como quer que edite. Ou podemos fazer juntos.

Aqui estamos, os três casais, para assistir ao meu primeiro filme. Idéia da minha mulher. Comprei a máquina Super 8, mas, como não tenho projetor, ela combinou tudo com Sérgio para me fazer surpresa. Deu a ele os filmes para mandar revelar e chamou também Fernando e Paula, para a estréia. Fernando tira filmes de paisagens e os passa em câmara lenta, para desespero dos amigos. Sérgio é o técnico, dispõe de tudo o que é preciso para fazer e mostrar um filme. Só não tem o filme.

Meu desconforto é total. Sem ter visto os resultados das minhas primeiras experiências, já temia por eles. Quantas cenas tremidas, fora de foco, curtas demais, ou demasiado arrastadas, inúteis, repetidas, estariam naqueles rolos que há tanto tempo relutava em mandar revelar. Queria eu mesmo, sem a participação de ninguém, olhar cada rolo com calma, cortar, aparar, editar, juntar as seqüências na ordem em que as havia imaginado, dar ao filme continuidade, forma, sentido de conjunto. Mas, no caso destes, minhas razões para haver protelado sua revelação e a agonia que agora experimento por ver aproximar-se o momento de vê-los projetados são de natureza muito especial. Uma cena — não durará três segundos — perdida na meia hora de projeção que nos espera poderá tirar-me da incerteza que me desgasta. Ao mesmo tempo, nas circunstâncias em que será apresentada, poderá, ao livrar-me da dúvida, causar-me um mal irremediável. Oscilo entre a angústia de não saber jamais a verdade e o pavor, ainda maior, de descobri-la e de, vendo-me desmascarado publicamente, não saber encontrar os meios de recompor a confiança de minha mulher e o respeito de meus amigos.

Há três meses recrio, obsessivamente, cada um daqueles momentos, à procura do detalhe que me ajude a distinguir, do que aconteceu, o que foi verdade do que pode ter sido apenas imaginação.

Escuto a voz aflita da minha mulher naquela manhã no Pouso do Chico Rey:

— Meu bem, essa noite eu tive um sonho horrível com você. Sonhei que você encontrava uma moça alta, bonita, de olhos verdes, e se apaixonava por ela. Foi terrível. De uma nitidez impressionante. Você me deixava sozinha e ia embora com ela. Não gostei desse sonho não.

Não era a primeira vez que me contava coisas parecidas, mas desta vez parecia realmente abatida. Dormíramos mal, ambos, na cama estreita para dois. Eu pior ainda, pois despertava cada vez que tocava um sino ou cantava um galo. Ainda estava com sono, mas sabia que de nada adiantaria querer readormecer. Beijei-a no pescoço e achei-a quente.

— Você está com febre?

— Não sei. Acho que não. Mas não me sinto bem.

— Eu também passei uma noite muito agitada. Quem sabe foi aquele sanduíche que comemos ontem.

O desejo de chegar a Ouro Preto antes da meia-noite nos forçara a dispensar qualquer parada. Nossa única refeição na estrada havia sido um misto-quente que pedimos num posto de caminhões onde tínhamos estacionado para aguardar a estiagem, já perto de chegar a Ouro Preto.

Poucas vezes vi tal volume de água. Eu havia ultrapassado uma carreta que passou a seguir-me encostada à retaguarda do meu carro. Receoso de que terminasse por atropelar-nos, acelerei para ganhar distância. A chuva caiu de repente e, em segundos, já dela não dava conta o limpa pára-brisas e não me era mais possível distinguir do leito as margens da estrada. Ficara-me a impressão de haver visto uma ponte à distância, antes que a cortina de água me tapasse o vidro. Temia buscar o acostamento e cair no valado. Ao mesmo tempo, sabia ser imprudente diminuir a marcha e correr o risco de ser alcançado pela carreta. Uma luz vermelha parada à direita da estrada me deu a esperança de poder colocar-me atrás de alguém estacionado no acostamento. Parei o carro atrás dela e grudei os olhos no espelho esperando a chegada da carreta.

Quando a chuva amainou vimos que estávamos a cem metros do posto e lá fomos deixar passar a tensão e aguardar que o tempo acabasse de melhorar.

— Do que você se lembrou enquanto estávamos ali parados?

— Eu estava pensando na mesma coisa.

Foi há 15 anos, de noite, na estrada para Verona. A cena havia sido a mesma. Ninguém se atrevia a continuar. Optamos por ficar parados à beira da estrada, como os outros, dezenas de carros, temendo que algum raio nos alcançasse. Vimos passar uma motocicleta em disparada e chegamos a comentar a imprudência de quem assim desafiava tamanho aguaceiro. Quando a chuva passou, tão subitamente como havia chegado, fomos dos primeiros a retomar a estrada e, tendo ultrapassado alguns poucos que me haviam precedido, em breve tínhamos a estrada descoberta à nossa frente. De repente o avistamos. A motocicleta, caída no chão, tinha o farol aceso e a roda dianteira ainda girava. E ele, nos seus 19 anos, jazia morto, a dez metros de lá.

Descemos para o café. Éramos os últimos. Ou seríamos, talvez, os únicos hóspedes no Pouso.

O lugar era aconchegante, com seus móveis antigos, seus objetos escolhidos com gosto, seus álbuns de memórias. Jeito de casa, e não de hotel. Na cozinha ouvia-se a empregada conversando com Dona Lili.

— A senhora soube o que aconteceu com aquele casal que a senhora estava esperando para ontem? Diz que, naquela chuvarada, eles caíram num barranco e amassou o carro todo. A moça morreu na hora e ele está no hospital, muito mal.

Ficamos calados, mas senti que a ambos aquela notícia trazia calafrios. Era como se tivéssemos ouvido falar da nossa própria morte.

Nem chegamos a esperar que a empregada aparecesse para nos servir. Minha mulher começou a suar frio e a ter ânsias de vômito. Subimos ao quarto e ela voltou para a cama. Abri a janela para deixar entrar um pouco de ar. Lá fora as nuvens baixas começavam a descobrir o morro onde se via agora a Igreja de São Francisco de Paula. Lembrei-me de Lourival Machado, cujo *Barroco mineiro* trouxera para servir de guia em nosso roteiro pelas igrejas de Ouro Preto: é preciso chegar à cidade à noite para vê-la paulatinamente desvanecer-se, de manhã cedo, dos seus mantos de névoa.

— Acho que você não devia ficar aí, me esperando. Não creio que vá estar em condições de sair esta manhã. O melhor é você ir fazer seus filmes. Eu durmo um pouco, agora, e, mais tarde, quem sabe, estarei melhor e poderei lhe acompanhar.

Meu desejo era ficar. Estávamos tão acostumados a repartir nossas emoções ao descobrir novos lugares, a dar um ao outro nossas primeiras impressões de tudo o que víamos, que, certamente, não encontraria todo o prazer antecipado se fosse visitar a cidade sozinho. Ademais, preocupava-me saber que ela se sentia doente, embora, no fundo, achasse que todo seu mal não passava de cansaço. Para deixá-la à vontade, decidi sair.

Devia estar nos primeiros degraus descendo a escada, ou, talvez, nos últimos, não lembro. Só sei que descia, com a filmadora na mão direita, segurando o corrimão com a esquerda, quando ela surgiu à minha frente, como se fosse subir a escada correndo e topasse comigo. Parou ofegante ao me ver. Recostou-se à parede, do lado do corrimão, me encarando, com seus inacreditáveis olhos verdes. Afastei-me para dar-lhe passagem. Ela retomou o embalo em que vinha, subiu a escada às pressas, e desapareceu para o lado contrário ao do nosso quarto.

Olhei para o quadro das chaves. Lá estavam todas, menos a nossa. Tomei a da porta de entrada e saí.

Pensei em dirigir-me diretamente para São Francisco de Assis, mas me contive. Iria aos poucos, fazendo de cada igreja a preparação para o momento final de contemplação da obra-prima. O acaso me levou primeiro à de Nossa Senhora do Rosário, mal cuidada e fechada desde que lhe ruíra o teto.

Haviam-se levantado todas as névoas dos arredores. A manhã era fresca e limpa, com um céu transparente e luminoso. Chegara à igreja tomando todos os desvios, entrando por qualquer rua, deixando-me levar pelo primeiro impulso ao chegar numa esquina e dela descobrir sempre novo o harmonioso cenário das fachadas coloniais, dos lampiões, dos chãos de pedra.

A cidade se apossava de mim. Deixava-me embeber de sua rara harmonia, com a alegre sensação de uma longa expectativa recompensada. Era tão forte o prazer estético que os outros sentimentos que procuravam disputar minha consciência não chegavam a se verbalizar no nível do pensamento. Sabia que estava com pena de não poder repartir toda aquela euforia com minha mulher. E sabia que, mais cedo ou mais tarde, o episódio da escada reclamaria minhas atenções. Mas, por enquanto, não deixava que nada me distraísse do puro gozo de sentir-me feliz no meio de tanta beleza. E foi nesse estado de quase beatitude que me vi frente à abaulada construção do Rosário, tentando reconstruir na imaginação o esplendor de outrora ou adivinhar o que escondia sua porta fechada, seus muros calados.

Por ela começarei meu grande documentário, pensei. Fiz-lhe a volta por inteiro, para familiarizar-me com os seus contornos, escolher os melhores ângulos, planejar a seqüência das tomadas. Voltei à rua e filmei-a de três quartos, a fachada na sombra, o céu azul por trás. Tomei depois alguns detalhes do frontal e dirigi-me para o portão que dá acesso ao pátio traseiro. Minha idéia era de, numa seqüência contínua, filmar primeiro a moita iluminada pelo sol em frente ao portão, passar a entrada com a câmara ligada, parar um instante no patamar da direita, mostrando as curvas laterais da igreja, fazer um corte e filmar em seguida as fachadas coloridas das casas do outro lado do adro que o sol iluminava de forma perturbadora. Em meio à filmagem, porém, e já quando a lente de aproximação fazia chegarem-se ao primeiro plano os beirais da calçada de pedras no fim do patamar, vejo a sorrir-me de dentro do visor a moça que minutos antes eu encontrara na escada do hotel. Surpreso, baixei a máquina, mas não vi ninguém.

— Assustou-se?

Virei-me e ela estava dois passos atrás de mim, com o sorriso que eu havia visto na câmera. Enxuta e esguia, tinha os cabelos louros presos num rabo-de-cavalo. Estava de jeans, com uma camisa aberta no colo. Cruzava os braços e me olhava como se estivesse se divertindo com a confusão que me causava. E tinha uns olhos incrivelmente líquidos e verdes.

— Agora foi a sua vez de me assustar. Ainda há pouco, na escada, foi você que pareceu assustada.

— Se eu lhe contar porque, você não vai acreditar.

— Por quê?

— Meu marido me contou ontem que tinha tido um sonho horrível comigo. Nesse sonho eu encontrava um homem cuja descrição coincidia com você.

Ela me olhava dentro dos olhos com um sorriso que parecia irônico. Arrepiei-me. Para o episódio da escada, sem nele haver-me detido, sabia que poderia encontrar alguma explicação plausível no território das coincidências. Para o que se passava agora, porém, não encontrava na memória referências que me permitissem considerá-lo verossímil. Procurei manter as aparências da normalidade, tentando conjurar com uma falsa demonstração de tranqüilidade as forças do real.

— E que tanto pode lhe assustar que me tenha encontrado? Por acaso eu lhe fazia algum mal no sonho do seu marido?

— Não posso lhe contar.

Teria ela enrubescido ou seria meu o embaraço?

Quis dizer-lhe do sonho de minha mulher, mas tive a sensação exata de que ela já o conhecia. Aliás, minha impressão era a de que ela estava blefando, que, sabendo do sonho da minha mulher, inventara o do marido. Olhei-a fixamente. Sentia-me perturbado e atraído. Nada havia nela que me pudesse fazer duvidar dos meus sentidos ou da minha razão. Era bem real a moça que ali estava, ao alcance da mão, cujos cabelos o vento agitava. Nada mais concreto do que aquele rosto sem maquilagem, aquelas unhas sem traços de manicure, aquela calça jeans com os necessários rasgões. Mas como explicar seus aparecimentos improváveis e o absurdo diálogo que acabávamos de ter?

Recusava-me a admitir a hipótese de estar sendo vítima de uma alucinação. Menos ainda aceitava a de incursão do sobrenatural no meu mundo sempre lógico e previsível.

Olhei em volta para ver se a presença de outras pessoas podia confirmar-me na certeza do real. Uma mulher se aproximou, com a mão estendida, pedindo uma esmola. Tinha nos braços um menino de olhar triste e cara suja. A moça fez o gesto de alisar a cabeça do menino.

— Como é que ele se chama?

— Geraldo.

— Todo mundo aqui em Minas parece chamar-se Geraldo.

— Eu me chamo Geraldo.

Dei cinco cruzeiros à mulher.

— Deus lhe dê saúde e felicidade — disse a mulher para mim e, voltando-se para a moça — Deus lhe dê a paz.

Ficamos calados e sem nos olhar muito tempo.

— Eu sempre disse que não queria morrer sem vir a Ouro Preto.

— Você é tão moça. Por que pensar na morte quando se tem a vida inteira pela frente.

— Meu marido também é moço e está morrendo no hospital. Tivemos um acidente ontem à noite quando caiu aquele temporal.

Fiquei lívido. De seu rosto desaparecera qualquer sorriso. Não mais tinha o ar de ironia ou de maliciosa cumplicidade com que me abordara minutos antes. De repente parecia profundamente triste. Senti vergonha da minha confusão. Quis afetar normalidade, fazer qualquer pergunta que demonstrasse achar natural que ela me falasse daquela maneira. Mas nada me ocorreu. E foi ela quem quebrou o silêncio.

— Sua mulher não está passando bem. Quem sabe podemos fazer companhia um ao outro para visitar a cidade? Eu adoraria ver as igrejas com você.

Ao som dos comentários óbvios desdobravam-se na tela os primeiros minutos de projeção. Eram as cenas panorâmicas que Sérgio teve o bom senso de fazer preceder às tomadas das igrejas. Foram tiradas, na verdade, no nosso segundo dia em Ouro Preto, mas se destinavam, como Sérgio percebeu, a criar o clima para o resto do filme. Vimos o Pico do Itacolomi sobre as nuvens, São Francisco de Paula se desfazendo das névoas, os morros, o casario, o mar de telhas despejando-se pelas ladeiras. A primeira igreja mostrada foi, não sei a causa, a da Mercê de Cima. A segunda, a do Rosário, a fachada, vista de longe. Na sombra. Depois os detalhes que eu havia cuidadosamente escolhido. A câmara descia, explorando a cantaria, aí, talvez, um tanto lenta. Ou era a minha ansiedade que fazia eterna a espera. Eu estava gelado. Da grade da entrada a minha mulher me sorria.

— Ah! Que pena. Eu pus os filmes na ordem errada. Esse era para ir mais adiante. Da primeira vez que você filmou a igreja do Rosário eu não estava com você.

Seu engano me valeu o sursis de mais alguns minutos.

O tempo parecia haver parado. Quantas igrejas visitamos, não sei. Parei de filmar. Dividia minha atenção entre a descoberta das fachadas e a recorrente visão do rosto de minha companheira, agora radiante, de uma alegria brincalhona, tão à vontade nos gestos, nas palavras, que não me deixava retomar meus temores de antes. Corria para subir as escadas na minha frente, puxava-me pela mão, cantarolava, ria. De tudo indagava, exibindo com graça sua deliciosa ignorância e parecendo apreciar genuinamente a minha improvisada erudição.

Concentrei-me em viver, com a intensidade possível, aquele inesperado e improvável encontro.

Seriam duas horas da tarde e estávamos na Capela do Padre Faria. Eu me encostara na amurada que confina o pátio, do lado esquerdo, quando ela se dirigiu para a escada sem balaustrada que, pelo lado de fora, conduz à porta do púlpito. Sentou-se no patamar, de frente para mim, com as pernas balançando. Por um momento tive a sensação de estar a contemplar uma cena perfeita. Era como se, de repente, espaço e tempo se harmonizassem. Eu estava no cruzamento dos planos de todas as dimensões no instante exato em que elas se equilibravam. Um segundo apenas. É isso a eternidade?

Olhei-a pela lente de aproximação. Tinha os olhos em mim, de repente graves. Seus lábios mexiam, mas de onde eu estava não podia escutar o que diziam.

Voltamos silenciosos para o hotel.

Minha mulher dormia profundamente. Não quis acordá-la. Rabisquei um bilhete para informá-la de que estaria de volta antes do fim da tarde. Saí com cuidado, para não despertá-la, e, sem qualquer hesitação, encaminhei-me para o quarto ao lado.

Não havíamos combinado nada. Nem sequer podia eu saber, ao certo, que era aquele o seu quarto. No entanto, algo me assegurava que ela ali me esperava. A porta estava apenas encostada. Entrei e ela, de pé, junto à janela, me esperava. Uma brisa leve descia do Carmo. Ouvia-se uma cigarra.

O lençol da cama, intocado, refrescou nossos corpos. Não sei quanto tempo assim ficamos, confundidos em abraços. Lembro-me dos sinos. E de seus olhos verdes, distantes e líquidos.

— Às vezes não consigo acreditar que tudo isso possa ser real. Tenho medo de acordar e descobrir que você não existe.

Ela levantou a cabeça e me olhou novamente com aquela ponta de ironia com que me abordara pela manhã, mas desta vez sem sorrir. Chegou-se a boca à minha, como se fosse me beijar, e mordeu-me o canto dos lábios, com força. Senti o gosto do sangue.

Seria essa uma resposta?

Ergueu-se de um salto, apanhou a roupa que havia jogado sobre a poltrona, e disse:

— Agora vá. São quase quatro horas e eu tenho que ir me juntar ao meu marido.

Vesti-me e saí, com o mesmo sentimento de inexorabilidade com que uma hora antes me havia dirigido para o seu quarto. Ao passar pelo corredor, na frente da escada, olhei para o quadro das chaves, na portaria. Apenas a nossa faltava.

Minha mulher abriu os olhos ao me ver entrar.

— Que bom que você chegou. Dormi o dia inteiro e agora estou me sentindo restaurada. Foi bom o seu passeio?

Não pode durar muito. Já temos vinte minutos de projeção. Sei que se ela aparecer na tela, olhando-me como me lembro de havê-la visto me olhar, minha confusão será extrema. Não encontrarei explicações para dar. Dizer que nem sei, ao certo, se ela existiu, seria juntar à vergonha do flagrante a do ridículo. E, para mim mesmo, para o diálogo com a minha consciência, me sentiria menos culpado se ela não fosse mais que um fantasma? Descubro-me desejando que a imagem não surja para poupar-me do vexame das evasivas. Mas, ao mesmo tempo, penso, se ela não aparecer, como saberei jamais se o nosso encontro em Ouro Preto foi realidade ou alucinação?

No dia seguinte ao de nossa chegada, durante o café-da-manhã, ouvimos a conversa das empregadas do hotel na cozinha. Estremeci ao escutar a voz de uma delas que dizia:

— Dona Lili, a senhora sabe? Aquele casal do desastre, que a senhora estava esperando, pois bem, a moça também morreu ontem, no hospital, às quatro da tarde. Dizem que ela era linda.

A fachada da Igreja do Rosário reaparece na tela. Ouço minha mulher comentando que este pedaço, sim, era o que deveria ter vindo no começo. Alguém comenta como é original o átrio coberto da planta baixa. Agora vê-se o portão dos fundos. A câmara avança pelas paredes abauladas. Em alguns segundos tudo será claro.

O marciano

As opiniões se dividem até hoje sobre se o sujeito que emprenhou Mariinha era marciano ou não. O episódio é antigo e, à falta de poder voltar a Floresta dos Leões e conversar com as pessoas nele envolvidas ou com as testemunhas que ainda estejam vivas, só me resta apelar para o que me sobra da memória das investigações que à época fiz para o *Diário da Tarde*. O jornal, aliás, diga-se de passagem, nunca chegou a publicar nada do que eu escrevi, com medo, parece, de cair no ridículo, uma vez que nenhum outro periódico da capital abordou o assunto.

A notícia me chegou por acaso, através de umas conversas que a irmã da minha empregada havia escutado cochichadas na casa dos patrões, parentes remotos da vizinha de seu Onofre, pai de Mariinha. Aparentemente a história já começava a circular, apesar de todos os esforços de seu Onofre e de dona Janaína para esconder o que se passava em sua casa e abafar os rumores que se espraiavam pela cidade.

Aproveitei um fim de semana e fui até Floresta dos Leões para apurar pessoalmente o que havia de certo do que se contava. Fosse por que não conhecia ninguém na cidade que pudesse me orientar, ou porque nela havia uma conspiração de silêncio a respeito do caso, foram inúteis meus esforços de repórter investigativo. O único que consegui obter foi a repetição do que eu já sabia, ou seja, de que algo sobrenatural parecia estar ocorrendo na casa do farmacêutico da cidade, um tal de Onofre, já aposentado, cuja filha, ao que se dizia, havia sido emprenhada por um marciano. Detalhes não havia. Alguns falavam que o disco voador, portador do marciano, havia sido visto nas vizinhanças, ao aterrissar no pasto da fazenda do Coronel Urbano, na véspera de São João. Outros chegavam a dizer terem visto o próprio marciano, que era um ser esverdeado, com um olho só e antenas na cabeça. Já os que pareciam mais informados, comentavam que, ao contrário, o marciano não se distinguia fisicamente de qualquer ser humano e para isso contavam com o testemunho dos que o haviam visto na praça da cidade na noite em que teria aparecido a Mariinha. Quanto aos fatos, havia os que afirmavam ter sido a filha de seu Onofre deflorada pelo marciano que logo desaparecera deixando-a prenhe de um ser que ninguém saberia como viria a nascer, e os que, e eram a maioria, acreditavam que o episódio tinha um significado mais profundo e parecia ser a intervenção do divino nos destinos da cidade. Começava a correr a versão de que Mariinha havia sido visitada pelo ser extra planetário como parte de um plano divino de redenção dos habitantes de Marte. Nessa versão, a deformidade física dos habitantes do planeta teria resultado de uma falta original do primeiro par de marcianos e para permitir que recuperassem a forma semelhante à humana, única válida para os seres inteligentes de toda a criação, seria necessário que uma virgem terráquea concebesse um filho de um marciano. O rebento, levado ao planeta, seria o instrumento da redenção daqueles seres condenados.

Os pais de Mariinha não davam explicação do ocorrido em sua casa. Não podiam negar que a filha estivesse grávida e que abrigavam um desconhecido em sua casa. Mas calavam qualquer detalhe sobre o assunto. Silenciavam, mas deixando sempre suspensa uma ponta de mistério. Tenho minhas razões para crer que, no fundo, sentiam-se privilegiados com o fato de entre todas as mulheres haver sido Mariinha a escolhida por Deus, ou pelos homens de outro planeta, para gestar a semente redentora. Assim, mais ou menos, e o digo sem qualquer intenção sacrílega, como devem ter-se sentido são Joaquim e sant'Ana quando souberam que o Espírito Santo havia escolhido a Virgem Maria para receptáculo da semente do divino.

Os poucos fatos certos apurados em minha investigação dizem respeito à única aparição pública do marciano e às conseqüências objetivas e visíveis que a ela se seguiram.

A aparição ocorreu no dia da festa de São João. Mariinha tinha ficado na praça, depois da bênção, fazendo o footing com duas amigas, ao som dos alto-falantes do pároco. Pelo que se sabe, a noite transcorreu tranqüila até que, por volta das nove, surgiu na praça, vindo, não se sabe como, nem de onde, um homem vestido de terno de linho branco, sapato de duas cores, com uma gravata vermelha, desconhecido de qualquer dos presentes. Era ligeiramente moreno, tinha os cabelos pretos, lisos, penteados sem risca para trás, e um bigode fino, bem cuidado. As pessoas que o viram de perto informam que tinha um anel de brilhante. Chamava a atenção com seu jeito desenvolto e educado de homem da cidade, parecendo mais um caixeiro-viajante do que uma pessoa local. Os que se recordam do caso são acordes em dizer que sua presença na praça não durou mais do que dois minutos. Aproximou-se de Mariinha, a quem cochichou no ouvido algumas palavras e logo desapareceu. Pouco depois Mariinha foi para casa e não se soube o que o desconhecido lhe teria sussurrado.

Segundo confidências de dona Janaína à sua vizinha, Mariinha foi logo para cama, como era de hábito àquela hora da noite irem todos na sua casa, mas dizendo-se cansada, e no dia seguinte, pela manhã, às oito horas ainda não tinha se levantado. Preocupada, Dona Janaína foi ver o que lhe estava acontecendo e descobriu-a deitada, ainda dormindo, recostada sobre o peito de um homem nu cuja descrição coincidia com a que, depois, lhe fizeram do desconhecido da praça. Dona Janaína chamou o marido e juntos acordaram a filha que, no seu vexame, só conseguia dizer que não sabia como a coisa tinha acontecido. O homem, puxando o lençol até o pescoço, procurava acalmar o casal explicando tratar-se de evento sobrenatural da mais alta importância. Explicou ser marciano e estar na Terra para uma missão divina. Mariinha havia sido escolhida por Deus para engendrar um filho destinado a cumprir em Marte o que Jesus Cristo havia cumprido na Terra, salvar a humanidade marciana que vivia nas trevas da ignorância da redenção, coisa, no entanto, que deveria permanecer no mais absoluto sigilo, para que não se perturbasse o plano divino. Aparentemente foi convincente e a expressão submissa de Mariinha nos olhares que dirigia para o mensageiro divino milagrosamente descido no seu quarto pareceu corroborar o caráter messiânico do encontro noturno. O fato é que nem seu Onofre nem dona Janaína ousaram duvidar da palavra do mensageiro divino e, sem mais, saíram do quarto para deliberar longe da filha.

Seguindo as instruções do marciano, o assunto foi mantido em segredo, o que, obviamente, exigia extremos cuidados.

Nos meses seguintes, o marciano nunca foi visto fora de casa, permanecendo a maior parte do tempo no quarto de Mariinha, de onde saía apenas para ir ao banheiro e fazer as refeições. Mariinha parecia feliz. Dona Janaína se ocupava de lavar a roupa do Marciano e, dizendo ser para o marido, comprou-lhe camisas e cuecas novas.

De início, Mariinha procurava manter a aparência de normalidade, indo à missa regularmente e até fazendo um footing abreviado nos domingos à noite. Sentia-se, porém, que tinha pressa em voltar para casa, o que não deixou de ser comentado. Mas, aí pelo quarto mês de gravidez, começaram os rumores de que a moça parecia estar de barriga, o que ninguém sabia explicar. Ou melhor, só encontravam explicação dando ouvidos aos rumores de que seu Onofre e dona Janaína abrigavam em casa um moço misterioso que algumas pessoas comentavam dever ser o estranho da festa de São João.

Logo tomaram corpo os rumores de que realmente devia ser verdade o que se dizia da presença na casa do seu Onofre do mensageiro de Marte e do objetivo de sua visita e, diante da grandeza do acontecimento sobrenatural, os habitantes da cidade, sem deixarem de comentar entre si o significado do maravilhoso evento, instintivamente passaram a participar da conspiração de silêncio para preservar intocada a reputação de Mariinha, a eleita, e o prestígio da cidade.

Quando chegou a hora, dona Janaína teve que procurar uma parteira de confiança, a quem revelou o segredo em toda sua extensão. O parto foi feito em casa, de noite, e do menino dizem os que afirmam tê-lo visto que era parecido com o desconhecido, tanto quanto dele se lembravam, mas que tinha a peculiaridade de ter nascido com os olhos abertos e haver sido cercado de uma estranha luz verde na hora em que foi depositado nas mãos do pai. Este, da mesma forma como surgiu, miraculosamente, no quarto de Mariinha na noite da festa de São João, sumiu no ar, com o filho nos braços, na presença de toda a família e da parteira. E nunca mais foi visto em Floresta dos Leões. As mesmas pessoas que dizem ter visto um disco voador pousar na fazenda do coronel Urbano nove meses antes, afirmam que o fenômeno se reproduziu naquele 24 de janeiro, por onde pode se supor que a nave espacial tenha vindo recolher o marciano e o filho de Mariinha, o redentor da humanidade marciana.

Essa é a história real do que aconteceu naquele ano de 1954 e aqui deixo o meu registro para que não se perca sua memória agora que mais nenhum dos protagonistas está vivo e, provavelmente, mortos também são todos os que indiretamente tomaram conhecimento do milagre.

A samambaia

Uma samambaia pendurada frente à janela entreaberta, num canto da sala, do lado da sombra. Uma luz forte de outono entrando pela porta, três ou quatro horas da tarde, vozes esparsas, à distância, com as quais compõe-se o silêncio dos bairros afastados. Uma agradável sensação de quieto conforto, ajudada pela brisa que devia subir do mar. Tudo tão nítido, tão presente. Terá durado uma fração de segundo.

A primeira vez ocorreu no meio da rua. Ia atravessando, por entre os carros, no tráfego emperrado àquela hora pelo rush do almoço. Um sol de brasa lhe queimava a testa. Acabara de passar rente a uma mercedes preta, conduzida por um motorista de terno e gravata. Dentro um casal limpo e bem-vestido, sentado nos extremos do banco traseiro, olhava em direções opostas. Teria sido o resultado de haver pensado que, não obstante o tédio comum que seu distanciamento revelava, aquele casal transitava no conforto de um ambiente portátil de frescura, dentro da limusine refrigerada? Alguma elaborada associação de idéias? Chegou a parar na calçada, frente a uma vitrine que não olhava, para buscar na memória o vínculo possível.

Não. Não havia nada no seu passado, pelo menos na consciência do seu passado, que justificasse aquela tão nítida visão mental, a lembrança daquele canto de sala, daquela samambaia na sombra. Bobagem, pensou. Outra dessas incursões misteriosas do subconsciente na vida da gente. O déjà vu de algum ambiente da infância.

Houve época em que esses rompantes da memória ocorriam com maior freqüência. Nunca tão nítidos, é verdade. Nem tão precisos nos detalhes. Nas outras ocasiões, ao que se lembrava, havia mais uma sensação do "já vivido" do que do "já visto". De repente, em uma situação qualquer, o que lhe ocorria era surpreender-se pensando: "Mas eu já vivi este momento, ou um momento igual a este!" Mas agora não. A imagem mental, a sensação por ela deixada, ocorrera desacompanhada de qualquer impressão de repetição.

Voltou a pensar no assunto uma ou duas vezes naquele dia e chegou a comentá-lo com a mulher que, quem sabe, talvez recordasse algum lugar onde tivessem estado juntos e que explicasse a inusitada sensação. Nada encontraram na memória conjunta.

A vida continuou com a rotina de suas horas plausíveis. O café na cozinha, a mulher de robe. Levar a filha ao jardim de infância. Comprar o jornal na esquina e recusar o bilhete do burro ou do leão. O infalível sinal vermelho ao chegar à avenida e o repetido receio de perder a vaga no estacionamento. O escritório quente e barulhento, com a janela que dava para o muro branco da Light, ensolarado na parte da tarde. O almoço rápido na lanchonete, do outro lado da rua, da rua que atravessava sempre no meio do tráfego para não ter que ir até o sinal e desfazer o caminho na outra calçada.

A segunda visão ocorreu meses depois.

Era aniversário da filha e a casa estava cheia de avós e tias sentados em cadeiras que atravancavam todas as passagens. Sempre se sentia pouco à vontade na balbúrdia das festas familiares, irreprimivelmente apenas espectador da comoção coletiva. Olhava a mulher que se multiplicava abrindo presentes, distribuindo doces, dizendo amabilidades, e se sentia mesmo um tanto frustrado por não conseguir jamais comportar-se com aquela franca espontaneidade junto a quem quer que fosse.

Viu que alguém se dirigia para ele e não reconheceu quem era. Uma mulher nos seus trinta anos, com saia e blusa de jérsei, um cardigan cor de mel. Estranhou o modo como se vestia na tarde quente de um verão carioca. À medida que ela se aproximava, uma sensação de brisa vespertina lhe chegava ao rosto. De repente, pelo silêncio, deu-se conta de que não havia mais ninguém na sala. Uma inesperada samambaia balançava suas folhas frente a uma janela entreaberta. Havia um livro no parapeito, marcado por um cartão-postal, e um cachimbo ao lado. Uma bergère adamascada se oferecia para reconforto na incipiente penumbra do canto da sala.

— Acorda! Onde é que você está com a cabeça?

Era sua mulher estendendo um prato com um pedaço do bolo de aniversário. Sentiu-se perturbado e não acertou o que dizer. Havia sido tão forte a imagem, tão clara a impressão causada!

Viu que a mulher ainda hesitou um instante, como se esperasse uma explicação. De alguma maneira sentiu que não havia o que dizer. Era mais do que o pudor de revelar uma experiência intransmissível. Era quase que a necessidade de proteger um segredo, de evitar que algo precioso se desvanecesse, como um sortilégio se dissipa por imprudência ou mal contida curiosidade. Mais tarde, na cama, a mulher iria comentar que o achara esquisito naquele momento e que, por instantes, tivera medo. A sensação que experimentara era a de que ele não estava ali na sala, com ela, e de que não mais o reencontraria.

No domingo seguinte saiu como sempre com a filha para o Parque da Cidade, enquanto a mulher ia à missa. Gostava desses passeios matutinos, antes que o sol ficasse muito forte e o parque cheio de visitantes. Brincava de esconder entre as pedras, rolava pelo chão com a filha, inventava histórias que a faziam rir ou ter medo. Às vezes ficava num banco, pensando ao acaso, fazendo hora para voltar para casa, enquanto a filha brincava sozinha na areia. Foi num desses momentos que a coisa novamente ocorreu. A poucos metros, a filha agachada examinava algum inseto no chão. Seu vestido branco se salpicava das sombras de um flambuaiã. Subitamente sentiu como se ela lhe faltasse. Uma intensa angústia o fez precipitar-se em sua direção. À frente a sala se abria para um corredor que dava para o jardim. Uma mulher, de costas, trabalhava num canteiro de flores. Perto dela um cãozinho peludo procurava atrair a atenção. O cão voltou-se e, ao vê-lo, correu para ele abanando o rabo. Ouviu como se fosse sua própria voz dizendo: "Eu sei o que você quer. Você quer é passear, não é?" O cão saltava sobre suas pernas com desmandos de alegria. Caminhou até a porta e retirou da maçaneta uma correia vermelha que prendeu à coleira do cão. Passou pela mulher, que usava um cardigã cor de mel, e abriu o portão que dava para a rua.

Desta vez não conseguiu controlar-se. Agarrou a filha num abraço apertado, com vontade de chorar. Embora ainda fosse cedo, chamou-a para voltar para casa. Precisava certificar-se de que aquilo não passara de uma alucinação e de que sua realidade cotidiana permanecia válida. Voltou quase correndo, para grande confusão da filha que não entendia nem a brevidade do passeio nem a precipitação do regresso. A casa estava vazia, exceto pela presença de Lucas, o velho pastor alemão que a essa altura da vida não fazia mais do que dormir.

— Vá brincar no seu quarto. Deixe papai ler os jornais.

Queria não pensar no que se passara, mas não conseguia governar o que lhe vinha à mente onde as imagens se repetiam do que lhe acontecera no parque. Pressentia que algo de grave lhe estava acontecendo, mas não atinava o que pudesse ser. Houve época em que se fizera o hábito de sonhar de olhos abertos, recriando as fantasias que lhe haviam sobrado da adolescência. Mas disso já tinha se livrado há muitos anos. E estas visões, ou alucinações, não pareciam refletir desejos contidos. Nem envolviam um enredo, como nos sonhos de outrora, dos quais se fazia ator e encenador. Não resultavam de qualquer esforço da imaginação, conduzido voluntariamente. Pelo contrário, se impunham, por cima de sua vontade e de seu medo, com irreprimível força e claridade.

Tentou reconstituir toda a seqüência da visão para comparar a sensação da imagem induzida com a que experimentara involuntariamente poucos momentos antes. Não produzia o mesmo efeito. A sensação era mais de recordar um fato narrado do que de algo vivido. E, de qualquer forma, não se reproduzia aquele desligamento da realidade circunstante que acompanhara as visões anteriores.

Recostou-se na poltrona e ficou longo tempo olhando o vazio, sem ânimo para enfrentar os jornais ou iniciar qualquer atividade que lhe distraísse da recorrente preocupação. A empregada cantava na cozinha. Alguém gritava na área do andar térreo. Ouvia-se a televisão do vizinho. Pensou em fechar a janela, mas achou que não valia o esforço de deixar a poltrona. Ademais, o ar estava abafado e não queria tornar o quarto ainda mais quente. Cerrou os olhos.

Teve a impressão de que uma leve brisa lhe passava pelo rosto. Calara-se a empregada. Sumiram-se os ruídos do prédio. Sentiu-se bem, tranqüilo. Tinha medo de levantar as pálpebras e fazer acabar-se aquela mágica sensação de bem-estar. Prometeu-se continuar assim, imóvel, sem nada pensar. Sentiu que algo úmido e quente lhe tocava a mão que pendia do lado da poltrona. Ou imaginou. Teve medo de certificar-se. Conservou imóvel o braço, quase dormente. A sensação era constante e de algo que respirasse. "Boy", pensou, e começou a explorar com os dedos ainda indecisos a forma peluda que insistia em não ver.

Ouviu um prolongado rosnar. Teve a impressão de que o tempo se desequilibrava. Seus sentidos falseavam. Por uns breves instantes nenhuma certeza lhe amparou. Lucas, de orelhas em pé, continuava a rosnar ameaçador. Subitamente, com uma agilidade de que não dava provas há anos, saltou de onde estava, latindo, na direção da mão pendente.

Levantou-se angustiado, com uma opressora sensação de falta de ar. Caminhou até a praia. Precisava reconfirmar-se na realidade familiar das faces conhecidas da sua rua. Tinha medo. Suava abundantemente, um suor frio que era mais de vertigem do que de calor. Até agora suas estranhas visões não haviam passado, talvez, de alucinações. Mas, seria possível pôr à conta de alucinação uma sensação tão forte que tivera sido capaz de transmitir-se a outro ser vivo? Que explicação poderia ter a reação tão espontânea e precisa do Lucas? Ele literalmente atacara o *outro* cachorro, no local exato onde devia se encontrar, não no espaço físico do quarto, mas no universo abstrato de sua imaginação. Buscava explicações plausíveis. Afinal os cães desenvolvem uma especial capacidade de simpatia com os sentimentos dos donos. Onze anos de convívio diário com o Lucas poderiam justificar essa comunicação telepática. Quantas vezes Lucas se antecipava ao seu chamado para passear, como que reagindo à simples intenção ainda não formulada pelo dono de chamá-lo para descer à rua! E não diziam que ele se punha à porta, a esperá-lo, minutos antes que chegasse em casa, qualquer que fosse a hora do dia ou da noite?

Dez dias depois, saía do banho para pegar a toalha. Havia um perfume diferente no ar. Teve a impressão de ver o Boy saindo pela porta que dava para o quarto.

— Meu bem, deixei sua roupa em cima da cama.

A voz era familiar. Voz de mulher. Voz da sua mulher. E ao mesmo tempo nova, como se a ouvisse pela primeira vez.

Enxugou-se, embrulhou-se na toalha e se dirigiu para o quarto. "Mas Celina não estava em casa!", ainda pensou. De qualquer maneira não achou que isso fosse estranho. Sobre a cama, cuidadosamente estendidos prontos para serem vestidos, encontrou um terno bege claro, uma camisa de tricoline azul, impecavelmente bem passada, uma gravata de seda estampada, meias azul de cano alto e, ao lado da cama, sapatos novos de cromo alemão. Novamente se descobriu achando tudo natural.

Vestiu-se meticulosamente. Olhou-se no espelho. Embora se reconhecesse em cada detalhe do rosto, sentia-se como se estivesse sendo espectador de tudo o que fazia. Saiu do quarto. Lucas dormia à porta e não deu sinal de perceber a sua passagem. Passou em frente ao quarto da filha. Dormiria ainda? Não entrou para saber.

Ao chegar à sala, pareceu-lhe estar num lugar desconhecido. Não conseguia focar a vista nem o pensamento. Abriu rápido a porta e foi com grande alívio que se viu no hall apertando o botão do elevador. Na rua, não entendeu onde estava. Sentiu-se desorientado, entre faces e letreiros que desconhecia. Chamou um táxi e deu o seu endereço. O táxi rodou longamente por ruas que ignorava ou se lembrava de haver percorrido apenas de passagem. Finalmente aproximou-se do bairro onde morava. Subiu a ladeira. Sentiu voltar aquela paz de corpo e alma a que dão o nome de conforto. Abriu o portão do jardim. Acariciou a cabeça de Boy. A casa estava fresca na sombra da tarde. Pendurou o paletó e a gravata no encosto de uma cadeira. Sentou-se na bergère. Pegou o cachimbo que estava no parapeito da janela e abriu o livro marcado com o cartão-postal, antegozando o prazer da habitual leitura antes da ceia. A samambaia balançava levemente com a brisa que subia do mar. Ouviu passos na escada. Com o canto do olho adivinhou a saia de jérsei, o cardigan cor de mel. E a voz sem pressa de sua mulher.

— Oi. Você hoje chegou cedo! Eu estava lá em cima arrumando uns guardados, nem vi você chegar. Ah! Você gostou do terno novo que eu lhe dei?

A outra face de Eva

Vi-a pela primeira vez na tarde do dia 5 de janeiro. Eu me lembro da data porque naquela manhã havíamos firmado o nosso primeiro contrato com os alemães. Decidimos comemorar o acontecimento e fomos almoçar, toda a diretoria, num restaurante que havia acabado de ser inaugurado para os lados do porto. Dele saíamos, um tanto alegres, já pelas três da tarde, quando ela passou num táxi, sem nos ver. Não fui o único a notá-la. O Antunes também a viu.

— Não foi a tua mulher que passou naquele táxi?

Não deve ter dito por mal. Eu teria feito a mesma coisa se fosse a mulher dele que tivéssemos avistado. Mas não deixou de me incomodar que ele houvesse notado a presença de Helena numa zona da cidade onde nossas mulheres, normalmente, não eram esperadas transitar.

Ao chegar ao escritório, telefonei para casa e a empregada me disse que Helena havia saído.

— Há muito tempo?

— Há mais de uma hora.

À noite eu lhe perguntei, como se fosse casualmente, o que era que ela achava das obras que a prefeitura estava fazendo no cais.

— Como é que eu posso achar coisa alguma se você não me deixa nem passar por perto!

Tinha a expressão tranqüila, a voz natural. Arrependi-me de haver sido tão indireto. Teria sido preferível perguntar-lhe logo onde estava indo de táxi àquela hora. Forçar o assunto agora seria o mesmo que acusá-la de haver-me mentido, pelo menos por dissimulação. Mas a insuportável idéia de que ela pudesse estar me escondendo qualquer coisa não me deixava em paz.

Passei a chamá-la em casa fora de horas, sob os mais variados pretextos, para certificar-me de onde se encontrava. Devo ter sido convincente nas desculpas que inventava, pois ela parecia até satisfeita que assim a procurasse, tomando por um renovado interesse o que não passava de ansiosa desconfiança. Com o tempo, voltei ao normal e deixei de assediá-la, talvez que para o seu desencanto, embora que para o meu conforto.

Havíamos planejado passar o Carnaval na praia, um sonho mais dela do que meu, que não via vantagem em deixar o sossego da nossa casa na cidade pelos incômodos de um quase acampamento. Dispensamos a empregada e chegamos a fazer as reservas e a começar a preparar as bagagens. Minha sogra, porém, achou de adoecer nas vésperas da nossa viagem e em vez da praia minha mulher teve que ir para o interior, deixando-me só, com o cachorro e os canários para cuidar.

Outro qualquer teria dado tudo para se ver na minha situação, entregue a si mesmo durante os dias de festa. Eu não. Coisa alguma me tentava no Carnaval senão ficar em casa o dia inteiro, sem qualquer espécie de obrigação. Mas não assim, naquelas condições, tendo que fazer as refeições fora de casa ou comer sozinho, na frente da televisão, o que acertasse preparar na cozinha.

E foi precisamente durante uma dessas deploráveis refeições que a vi novamente. Era domingo e a tevê fazia uma reportagem ao vivo sobre os bailes da cidade. Mostravam a festa do Iate. A câmera deteve-se sobre ela o tempo suficiente para que não me restasse a menor dúvida de que se tratava de Helena. Só que nunca a tinha visto assim antes, naquela exuberância e com aquela alegria. E vestida daquele jeito, ou melhor, despida. Não pude acreditar.

Meu primeiro impulso foi correr para o Iate. Depois pensei nas dificuldades que iria encontrar para chegar até lá. Nem me seria possível entrar no baile, para o qual não dispunha de ingresso. Esperá-la do lado de fora de nada adiantaria. Como iria ter a certeza de poder distingui-la dentro dos carros que passassem, e, mesmo que a visse, que poderia fazer? Abrir a porta do carro? Armar um escândalo? Não me via nesse papel. Além do mais, chovia.

Emborquei um copo de uísque e saí para esfriar a cabeça. Minutos depois estava de volta, ensopado, não menos ofendido e talvez mais irritado, porém mais lúcido e disposto a tomar medidas mais práticas. Tentar chamar a vizinha de minha sogra, por exemplo, e pedir para falar com minha mulher.

A telefonista disse que havia uma espera de duas horas. Não sei que quantidade de uísque ainda tomei, sentado na frente do telefone. Nem quantas vezes voltei a importunar a telefonista que me prometia sucessivas demoras. Lembro-me de que o dia já clareava quando a campainha do telefone me acordou e a voz, a esta altura já familiar, da mesma telefonista me anunciou que os circuitos estavam interrompidos e que não havia esperança de que fossem restabelecidos antes de mais vinte e quatro horas. Queria saber se eu conservava o pedido. Mandei cancelá-lo. Nesse mesmo dia recebi um telegrama de Helena dizendo que minha sogra havia falecido. Evidentemente não seria ainda dessa vez que eu poderia voltar a falar com ela sobre o assunto.

Foi na rua, muitas semanas depois, que, finalmente, nos encontramos. Eu havia descido para comprar cigarros e vi-a na frente de uma vitrine de roupas para homem.

— Helena, o que é que você está fazendo aqui?

Ela virou-se surpreendida.

— O senhor está falando comigo?

Parecia sincera na resposta. Nada no rosto indicava ou que me estivesse reconhecendo ou que estivesse fingindo não me conhecer. Fiquei momentaneamente confuso.

— Que brincadeira é essa? Eu não estou entendendo nada.

— Quem não está entendendo nada sou eu. O senhor está querendo me gozar, é?

— Mas Helena...

— Eu não me chamo Helena.

Comecei a duvidar. A voz era diferente. O olhar mais penetrante. O vestido eu não conhecia. Parecia ligeiramente mais cheia de corpo, mas podia ser por causa da roupa. Custava a acreditar que duas pessoas pudessem ser tão iguais.

— O senhor não está querendo me aplicar o golpe do "você é igualzinha a uma pessoa que eu conheço"?

— Não. Você é igualzinha a minha mulher.

Ela deve ter sentido que não se inventa uma história assim, tão impossível, de supetão. Por curiosidade, talvez, aceitou que tomássemos alguma coisa juntos e o fato é que antes do fim da tarde estávamos fazendo amor no seu apartamento.

Para mim, devo confessar que foi tudo muito fácil. Ela era tão idêntica a minha mulher que eu não conseguia tratá-la como a uma estranha. Eu, que normalmente sou tímido e até um pouco desajeitado com as mulheres, me sentia desenvolto e mesmo ousado. Acho que minha naturalidade contagiou-a. Falou-me de sua vida, contou-me milhões de histórias, às quais eu não prestava a menor atenção, nada levando a sério, pois não conseguia deixar de ter a sensação de estar num divertido e inusitado jogo com minha própria mulher. De vez em quando se calava e me fixava intensamente como se se sentisse, eu diria mesmo, quase que chocada, por minhas atitudes. Devia intrigá-la minha sem-cerimônia, meu completo à vontade, quando mal acabávamos de nos conhecer. Eu procurava moderar-me, mas logo recomeçava o excitante jogo de redescobrir nela os traços físicos de minha mulher, surpreendendo-me com o desacordo entre aqueles traços tão familiares e o comportamento dela na cama, tão distinto do de Helena.

Despida, não era menor a semelhança. Refreava-me para não ceder ao impulso de examiná-la em cada detalhe a fim de conferi-la com Helena e poder livrar-me da dúvida. Mas ela não deixava que eu me perdesse em vagas explorações do seu corpo, ou porque exigisse minha atenção para suas histórias ou porque confundisse com carícias minhas perquirições e as retribuísse com tal empenho que se dissipava e não resistia a minha científica curiosidade.

Voltei para o escritório leve e alegre. Sentia um prazer quase juvenil, prazer de conquista, de sexo bem-sucedido. Parei na florista e comprei rosas para a minha mulher. Para agradecer-lhe.

Helena não entendeu porque depois de tantos anos eu lhe trazia flores novamente. Mas ficou contente. À noite fizemos amor, Helena intrigada com aqueles extemporâneos arroubos sexuais e eu antegozando a repetição dos extasiados momentos vividos naquela tarde. Mas foi tudo inexpressivo, como sempre.

Nossos encontros quase cotidianos foram, a princípio, arrebatadores. Eu não conseguia desvencilhar-me da impressão de que estávamos fazendo um jogo. Mas, por enquanto, aquele jogo me excitava. Soltava as rédeas de meu corpo e vivia no da minha parceira de aventura todos os fantasmas eróticos reprimidos na imaginação. Ela aceitava com naturalidade minhas insaciáveis invenções, quando não era ela quem me puxava pela mão para novas descobertas. Não pode ser Helena, pensava. Ou pensava, não seria tudo isso um ardil de Helena para reconquistar-me? Não permitindo o seu amor-próprio transformar-se, em casa, numa mulher diferente da que sempre fora, teria escolhido o caminho de tornar-se minha amante para fazer surgir do seu corpo a mulher que seria capaz de novamente despertar o meu interesse e guardar-me junto a ela. Mas não. Como aceitar que minha quieta mulher, minha "mãe exemplar e perfeita dona-de-casa", tão própria e limpa quanto sem graça e fria na cama, pudesse ser também aquela vibrante criatura que me fazia experimentar os mais desabalados prazeres do sexo? Contava os segundos que me separavam de cada reencontro e, mal entrava em seu pequeno apartamento, nos envolvíamos em tal paroxismo de abraços que não nos sobrava tempo para qualquer reflexão que não fosse sobre nossa própria ventura.

Eu não sei se a amava, pois, como disse, não conseguia separar sua imagem da de Helena. Ela, porém, agia como se genuinamente estivesse apaixonada por mim. Eu havia notado, desde cedo, que ela não gostava que eu mencionasse minha outra vida, nossa outra vida, e, para não estragar os momentos que tínhamos juntos, aprendi a viver, no seu apartamento, uma realidade isolada da do resto do meu dia. Em casa, os olhares de conivência que às vezes lançava a Helena, ela os tomava como demonstrações de reaceso afeto, o que, por algum tempo, contribuiu para dar novo embalo ao nosso relacionamento.

Aos poucos, porém, todas as fraturas daquela construção em instável equilíbrio começaram a ficar expostas. Os dias ainda conseguíamos atravessar sem maiores problemas. Já as noites eram longas e tensas. Eu não podia conformar-me com a frigidez de Helena e cheguei a acusá-la de sonsa. Embora percebendo o absurdo da situação, passei a ter ciúmes dela que somente ao me ter como amante se comportava como mulher. Achava-me um tanto ridículo, tendo ciúmes de mim mesmo. Ao mesmo tempo, eu sabia que as coisas não eram tão simples assim. Helena não podia, realmente, viver aquelas duas vidas. Era materialmente impossível. E psicologicamente, também.

Eu tinha ouvido falar de casos de dissociação de personalidade. Segundo essas histórias, uma pessoa podia viver duas vidas inteiramente autônomas, sem que em cada uma soubesse algo da outra. Fizeram até um filme sobre uma mulher que levava três vidas. Mas eu não podia acreditar que uma história semelhante viesse a acontecer comigo, ou melhor, com Helena. Helena, meu Deus, Helena era a própria imagem da ordem, do ajustamento, incapaz de viver um drama dessa natureza.

Foi aí que me assaltou a dúvida: e se o drama fosse da outra? Se a outra é que fosse a mulher real e Helena apenas a encarnação de uma de suas personalidades? Ainda assim, pensei, seria preciso que as duas fossem uma só pessoa, e isso é que era o difícil de aceitar.

Voltei a articular estratagemas para constatar a simultaneidade de suas existências. Não era fácil. Em casa tínhamos telefone, mas o mesmo não ocorria no apartamento. Assim, minhas armadilhas tinham que ser montadas, sobretudo, contra Helena. Quando estava no apartamento, inventava pretextos para descer até o café da esquina. Dizia que necessitava saber se estavam precisando de mim no escritório, mas, na verdade, era para ligar para casa. Minha mulher nunca podia atender. Ora havia saído, ora estava no banho. Voltava para o apartamento pensativo, sem conseguir dissimular minha preocupação. Ou então, pretextando carícias, detinha-me a observar as partes menos óbvias de seu corpo para compará-las com o que me lembrava das de Helena. Cheirava sua nuca, sua axila. Contava os sinais da sua coxa. Examinava-lhe as unhas dos pés. Nessas ocasiões nunca deixei de assegurar-me de que não podia ser Helena quem ali se deixava observar daquela maneira. Mas, ou porque minha memória me enganasse com relação ao que recordava do corpo de Helena ou porque o obsessivo escrutínio a que eu submetia a sua pele terminava por despertar nela e em mim desejos insofreáveis, minhas averiguações findavam sempre de forma inconclusiva.

Aconteceu o inevitável. À medida que ela passou a associar minhas meticulosas carícias às depressões que me acometiam após as descidas extemporâneas que eu fazia para telefonar, passou a desconfiar da sua espontaneidade e dos seus propósitos e os resultados eróticos antes certos de minhas investigações anatômicas começaram a rarear. Em seu lugar, sentia-a tornar-se tensa cada vez que meus dedos começavam a passear pelo seu corpo e, em breve, passou mesmo a afastar-se de mim e a deixar a cama, sempre que eu assim procedia. Quando isso ocorria, eu chegava em casa mal-humorado e agressivo, o que levava a intermináveis discussões com minha mulher, a essa altura convencida de que eu tinha uma amante que estava querendo ocultar.

Eu sabia que aquela situação não poderia continuar. O que antes havia sido fonte de indescritível prazer passara a ser motivo de insuportáveis tensões. Vivia num círculo de desejo, ciúme, dúvida, paixão e desespero que me consumia fazendo-me perder, ao mesmo tempo, a paz doméstica e as alegrias de amante. Não sabia, porém, como sair do turbilhão em que me metera. Optar por Helena seria escolher a paz doméstica sem os deleites do sexo que, fora de casa, tardiamente, mas de maneira tão forte, viera a conhecer. Mas, optar contra Helena seria romper com tudo quanto fora até então minha vida, um tipo de rompimento que não me sentia com coragem de fazer. Procurava conciliar essas opções argumentando para mim mesmo que deixar a casa não seria abandonar Helena, mas apenas escolher viver com ela a outra de suas vidas, o que os meus amigos não poderiam condenar, nem ela mesma, que, afinal, continuaria a viver comigo na melhor de suas versões. Mas, claro, ninguém acreditaria nisso.

Uma noite, em uma das mais violentas discussões que tive com Helena, ameacei deixá-la. Disse-lhe que tinha quem me quisesse, quem me soubera dar o amor que ela nunca quisera ou pudera me dar, que a minha vida estava sendo um inferno, pois, podendo estar junto de quem me amava e me compreendia, eu era obrigado, para salvar as aparências, a agüentar sua indiferença de dia e sua frigidez de noite. Enfim, perdi mesmo o controle e soltei tudo o que nunca pensara dizer-lhe. Helena ficou, obviamente, uma fúria e disse-me as piores. Era bom que eu tivesse finalmente aberto o jogo porque ela há muito tempo estava mesmo querendo dizer-me umas verdades. Sabia o que estava acontecendo comigo, mas tinha era vergonha de ser ela a primeira a tocar no assunto. Eu queria que ela se comportasse comigo como uma puta (imagine essa palavra na boca de Helena!), mas isso ela não faria não. Ela era uma mulher direita e se era disso que eu estava sentindo falta, eu soubesse que com ela não contava não. Que eu fosse para a casa da mulher que me dava o que ela não sabia me dar, mas soubesse que se eu fosse não precisava mais voltar porque ela não iria mais querer saber de mim. E outras coisas mais.

Saí de casa batendo a porta e me dirigi, fulo de raiva, para a cidade. Meu coração palpitava com violência e minhas mãos tremiam no volante. Sentia ódio de Helena e pavor do que estivesse por acontecer. Afinal chegara o momento que eu tanto temera enfrentar. Mas, não estaria já feita a escolha? Não estava eu me dirigindo para o apartamento da outra, deixando tudo para trás?

Se assim era, devia sentir-me alegre. Não era dessa maneira que se partia para começar uma nova vida? Mas só o medo e o ressentimento tomavam conta de mim. E, no meio de minha confusão, o pensamento absurdo de que estivesse me dirigindo de novo para Helena.

Mal pude esperar que o estreito e lento elevador chegasse ao nono andar. Toquei a campainha, mas ninguém atendeu. Eram onze horas da noite e não era possível que ela não estivesse em casa. Normalmente me esperava, para as fugidas que eu pudesse dar até lá. Já ia embora, sem saber o que fazer, quando vi, sob a porta, o que parecia ser um canto de envelope. Puxei-o para fora. Estava endereçado a mim e a letra era dela. Um bilhete seco, sem compaixão nem carinho. Dizia que não podia mais suportar. Que eu nunca a amara. Que eu vivia a buscar nela uma pessoa que ela não era. E que não queria que eu voltasse a procurá-la.

Pensei em ficar pelas ruas, em ir beber, em fazer qualquer coisa que caracterizasse objetivamente o meu abandono. Mas eu não sabia fazer nada disso. Não conhecia a noite a não ser no conforto da minha casa ou da dos amigos. Sentia-me absolutamente ridículo com aquele pedaço de papel na mão, àquela hora da noite, naquele lugar da cidade. Foi, pois, com o sentimento de render-me à pura inexorabilidade de meu destino que voltei para casa. Simplesmente porque era a única coisa que eu sabia fazer.

A casa estava às escuras, exceto pela luz da cozinha. Entrei encabulado, pensando no que dizer a Helena. Ao mesmo tempo, experimentava uma certa sensação de alívio por ver resolvido o dilema que há tanto tempo me massacrava. Ia subindo a escada quando a porta que dá para o corredor se abriu e a empregada apareceu. "Seu doutor" — foi logo dizendo —, "Dona Helena saiu e pediu para eu dizer pro senhor para não esperar por ela não, que ela não vai mais voltar. Ela disse assim: que não era pro senhor procurar por ela não que não ia adiantar. O senhor desculpa, mas foi assim mesmo que ela disse."

25 anos depois

Caminhávamos pela calçada do lado esquerdo, subindo, em direção à praça. Era uma dessas tardes sem sol, sem claridade, em que nada deixava sombra. Quem sabe desse ensimesmamento das coisas é que resultava aquela impressão de silêncio, de imobilidade, como se estivéssemos todos dentro de um quadro de Magritte, ou de Delvaux. Tinha mesmo a sensação de que havíamos todos parado, suspensos no meio dos gestos habituais de quem anda, inclusive os bondes, os carros, inclusive os cães. Já vínhamos calados ou o nosso silêncio se fez então? Ou foi o nosso silêncio que contaminou o mundo à nossa volta, que fez parar o ruído das rodas de aço nos trilhos, o som dos motores, alguma palavra dita mais alto por alguém que estivesse passando? Não te olhava, mas sentia a tua mão no meu braço, como naquela figura de Caillebotte. Mas eu não tinha guarda-chuva. A tarde era seca. Não fazia frio, nem calor. Durou uma fração de segundo ou uma eternidade? Como saber, se estávamos todos capturados na mesma despossessão dos sentidos e do tempo?

Como se de um encanto subitamente libertado, ou da submissão hipnótica a algum mágico de teatro, tudo retomou simultaneamente o movimento interrompido. Desfez-se o still do filme, reanimou-se a imagem do vídeo. A passada deixada ao meio se completou, tua mão voltou a pesar no meu braço, o bonde continuou a atravessar a praça com sua bateria de rangidos, parou o ônibus no poste, completou o cachorro a sua mijada. E seguimos nós, com o nosso silêncio, na direção da praça.

A rua não conhecemos. Nem o café. O que nos leva por ela, para ele, com a determinação de um destino imposto? Nada nos perguntamos, como nem sequer nos olhamos, para comentar a súbita interrupção do tempo. Entramos no café com a mesma indiferente submissão com que passamos mil outras soleiras de bares ou de casas em nossas vidas, que importa.

O café está vazio a esta hora da tarde. Tem cadeiras forradas de veludo vermelho, assim como a parede, cheia de nódoas. Apenas as luzes da vitrine do bar estão acesas. Sentamo-nos a uma mesa de centro, mais para o fundo da sala, escura e quase sem janelas. A pouca claridade que há é a que vem da porta e a que sobra do bar. Estou de costas para a entrada. Tu pedes um vinho tinto e eu te vejo segurando o cálice com as duas mãos, encostando a borda na parte inferior do lábio. Não bebes e me olhas nos olhos como se através de mim visses um passado remoto ou um mundo em que devêssemos ter vivido.

Que devo dizer-te neste instante em que todas as distâncias e todos os tempos se confundiram numa pasta informe e inerme?

O garçom se aproxima e quase que sussurra ao meu ouvido. Estão me chamando pelo telefone da cabine pública. Deve ser engano. Ninguém sabe que estou aqui. Eu mesmo não sei onde estou. Repete o meu nome. Não há engano possível. Levanto-me, com o peso adicional de quem se sente culpado, e me encaminho para o subsolo. Do outro lado da linha atende alguém que não conheço, uma voz sem urgência. Procuro argumentar, mas não logro alcançar que me escute. Insiste monotonamente em fazer-se escutar. Desisto de tentar interrompê-lo. Aos poucos afasto o fone do ouvido e sua voz se deforma em palavras cada vez mais apagadas e ininteligíveis. Penso em pôr o fone no gancho. Ao assim trazê-lo mais perto do ouvido, ouço que diz: Você está me escutando? Está ouvindo o que eu estou lhe dizendo? Alô, alô!

Desligo e me afasto da cabine. Subo as escadas que agora me parecem mais claras. Tenho quase a impressão de que foram recém-pintadas. Chego à sala onde um sol forte brilha. Há paredes de vidro em todo o lado da rua. De uma máquina toca-discos vem o som de um rock. As cadeiras de veludo foram substituídas por bancos duplos forrados de plástico igualmente vermelho. Sinto-me um pouco ofuscado pela luminosidade e é com dificuldade que te vislumbro sentada num banco da aléia central, de frente para a porta da entrada, sozinha, segurando um copo de vinho com as duas mãos. Tens a borda do copo pressionada contra os lábios. Teus olhos parecem surpresos, como se eu houvesse ressuscitado dos mortos. Tens algumas pregas nos cantos dos olhos mas eles são ainda tão transparentes e penetrantes quanto o eram desde a última vez que te vi.

Acidente

Não sei o que me levou àquela noite a desviar-me, sem razão, do caminho ordinário que me levava à casa. Tomei, por impulso, uma rua que parecia deserta e me vi, de surpresa, num bairro quieto que não parecia estar a poucas centenas de metros da balbúrdia de luzes e buzinas que me ofuscava e ensurdecia cotidianamente ao voltar do trabalho.

Deixei-me levar pelas ruas quase desertas. De longe em longe algum vulto discreto entrava numa casa, ou um cachorro trotava à luz de um poste solitário. Ouvia apenas o ruído dos pneus do meu carro sobre os paralelepípedos e o vago marulho do tráfico distante. Sentia-me bem e por instantes invejei quem pudesse morar numa rua assim. No trecho em que eu passava havia apenas casas térreas, umas coladas às outras, com sua porta e janela típicas das construções do começo do século, nos bairros de classe média. Nenhum estabelecimento comercial. Poucas eram as casas nas quais se viam as luzes. Normalmente, a essas horas, a família estaria jantando na sala que invariavelmente dava para o pequeno quintal dos fundos, a sala de visita, de frente para a rua, separada pelos quartos de dormir, estando às escuras.

A rua teria uns trezentos metros de extensão. Do lado direito, mais ou menos a meio caminho, um enorme casarão de dois andares ocupava a terça parte de um terreno que se estendia até a esquina. O sobrado ficava no fundo do que poderia ter sido um jardim e agora era um espaço onde mal crescia a grama nos antigos canteiros. O andar principal, em toda a extensão do prédio, se elevava sobre uma espécie de socavão com lunetas apagadas. Tinha uma única porta central, à qual se chegava por uma escada larga de pedra, e se estendia na horizontal de modo a caber um correr de oito ou dez janelas de cada lado. Poucas estavam iluminadas. No portão da rua nenhuma placa havia que pudesse identificar o edifício. Colégio não seria. Hospital tampouco. Para asilo, parecia grande demais. Talvez um seminário. Em toda extensão do jardim havia uma grade que o separava da rua e deixava aparente o vulto da construção. O resto do terreno, que se podia perceber repleto de árvores talvez centenárias, era protegido do jardim e da rua por um muro velho, talvez de uns dois metros de altura. Digo esses detalhes porque podem ser importantes para a minha história.

Aproximava-me da esquina quando tive a atenção despertada pela cena que não via repetida desde a minha infância. Na última casa do lado esquerdo, quatro ou cinco pessoas conversavam sentadas em cadeiras dispostas em roda na calçada. Minha infância estava toda ali. Faltavam as crianças brincando por perto. Mas seguramente duas daquelas pessoas, todas idosas, eram os locatários da casa, uma outra seria a tia, as demais, vizinhas. Tão absorto me achava em contemplá-las que tomei um susto quando, subitamente, ouvi o barulho do meu carro chocando-se contra o que parecia ser uma pessoa e o do motor morrendo na hora.

Saí do carro apavorado com o que pudesse ter acontecido. Minha primeira reação foi imaginar que eu tivesse, talvez, atropelado um cachorro, pois eu não havia visto ninguém, além do grupo sentado na calçada, e, cruzando a rua, um pouco antes, um vira-latas trotando. Nada havia à frente do carro. Nem sob ele. O pára-lama direito estava amassado, e isso era novo. Mas nenhum sinal havia de que pudesse ter-se chocado com algum ser ou objeto. Olhei para o galho que se debruçava sobre a calçada vindo de uma árvore do outro lado do muro. Poderia algo ter caído dele e atingido o carro. Mas nada havia por perto que pudesse isso indicar.

Enquanto assim examinava o carro, rodeando-lhe várias vezes, abaixando-me para olhá-lo por baixo, nenhuma palavra me foi dirigida pelo grupo que me observava atentamente, mas sem qualquer demonstração de interesse pelo que se passava, parecendo mais curioso de saber o que fazia eu, assim, sem mais nem menos, comportando-me daquela maneira.

Pensei em dizer-lhes algo, perguntar-lhes se não haviam ouvido um ruído estranho, mas percebi que estaria apenas sendo importuno e, talvez, parecendo maluco, pois era óbvio que nada havia acontecido.

Voltei ao carro e, havendo perdido a graça com aquele incidente inexplicável, apressei-me em retornar à balbúrdia do tráfego que abandonara minutos antes e dirigir-me para casa o mais rapidamente possível.

Cinco dias depois desse acontecimento insólito recebi uma convocação para comparecer a uma delegacia, acusado de homicídio culposo e abandono do local sem atendimento à vítima. Lá fui apresentado a um tipo asqueroso que me disse ser advogado estando em minha presença para tratar dos interesses da família da vítima. Trajava, em pleno verão do Rio, um jaquetão de casimira preto com listas brancas espaçadas, uma camisa de seda amarela cor de gema de ovo, e tinha uma gravata igualmente preta e amarela. Era moreno, tinha os olhos ligeiramente esbugalhados e um bigodinho de sedutor de subúrbio que emoldurava um sorriso amarelo como suas vestes. E, obviamente, usava gomalina e sapato de duas cores. Deu-me cerimoniosamente um cartão de visitas, dobrado no canto, dizendo que eu seria procurado. Paguei a fiança necessária e me dirigi atônito para o trabalho dando tratos à bola para entender o que estava acontecendo.

Do que se seguiu, nada fez sentido. Segundo a história contada pelo rábula na delegacia, na noite do acidente eu havia atropelado uma mulher quando, em excesso de velocidade, dirigia por uma rua deserta, à noite, no local cujos detalhes descritos coincidiam com aquele em que o estranho episódio havia ocorrido. Com o impacto, o corpo da vítima, uma pobre professora que regressava do trabalho, havia sido projetado por sobre o muro do seminário onde foi encontrado pelo jardineiro na manhã seguinte. Fiquei sabendo assim que o edifício que me chamara atenção era, de fato, um seminário. Averiguadas as circunstâncias, o Sr. um tal, morador da casa número 3, fronteira ao local do acidente, confirmou que às 19h30 do referido dia um indivíduo, cuja descrição coincidia com o meu físico, havia parado seu carro em frente à calçada onde o depoente se encontrava conversando com familiares e vizinhos e ficara longamente a examinar o carro, detendo-se para observar o pára-lama dianteiro do lado direito que apresentava uma mossa como se tivesse batido. Indagado sobre se, efetivamente, havia observado a colisão com uma pessoa e sobre se essa pessoa tinha ficado ferida, o Sr. um tal afirmou que, na verdade, não vira nenhuma vítima e que, tendo o indivíduo suspeito retomado seu caminho, nada havia no local que pudesse ser interpretado como se um acidente ali tivesse ocorrido.

Nos dias que se seguiram fui repetidas vezes procurado pelo advogado, aparentemente ocupado em acumular detalhes agravantes para o caso. Informou-me, por exemplo, ter apurado que a vítima era arrimo de mãe deficiente, o que aumentava a gravidade da minha falta e poderia substancialmente aumentar as compensações financeiras que minha condenação, que considerava certa, viesse a tornar exigíveis pela família.

Procurei argumentar que a imputação do crime a minha pessoa era destituída de qualquer fundamento e se baseava num alegado fato cuja verossimilhança era nula. Não havia prova ou indício de que eu houvesse atropelado quem quer que fosse. A única testemunha da minha passagem pela rua no local e hora indicado havia confirmado não ter presenciado qualquer colisão do meu veículo com um objeto ou ser vivo e não haver constatado a presença no local de qualquer vestígio do alegado incidente. Eu não estava em excesso de velocidade, o que podia ser confirmado pela testemunha, além do que, a pequena extensão da rua e a proximidade da esquina, onde havia um cruzamento, tornava irrealista a possibilidade de uma velocidade que conduzisse um corpo a ser jogado por cima de um muro de dois metros de altura. Uma colisão dessas dimensões, ademais, teria deixado marcas no carro muito mais extensas do que o ligeiro amassado constatado no pára-lama.

O rábula sorriu como quem diz para si mesmo "Isso é o que o Sr. pensa".

Dois dias depois, voltou a procurar-me. Dizia ter novidade da maior importância. O Sr. um tal já admitia poder ter havido o atropelamento, pois na hora em que ouviu o barulho estava com o rosto virado para o lado oposto da rua, conversando com a vizinha. Nesse caso, teria sido possível não ver o corpo ser lançado ao ar.

A notícia me desnorteou. Que houvera um ruído bastante audível de uma colisão, eu não podia negar. Eu mesmo o ouvira. Mas que, na velocidade em que eu vinha, talvez uns vinte a trinta quilômetros por hora, meu carro pudesse ter lançado uma pessoa que, na melhor das hipóteses não teria menos que quarenta ou cinqüenta quilos, a vários metros de distância e altura, era-me incompreensível, sobretudo à vista da mossa tão ligeira deixada no pára-lama.

Hoje completa um mês que o episódio ocorreu. Acho que vou ter que contratar um advogado para me defender. Devia ter feito isso antes, mas o absurdo da acusação era tão grande que esperava se desfizesse o caso por si mesmo. Porém me vejo cada vez mais enredado. Parece que uma das vizinhas já está disposta agora a afirmar que me viu pessoalmente levantar a moça do chão e jogá-la por cima do muro. Mais uma impossibilidade. Sou um homem franzino, de 1,54m de altura. Como poderia eu alçar uma moça, de meu peso ou mais, a uma tal altura? E como iria, quem quer que fosse, cometer tal ato na presença de cinco testemunhas a três metros de distância, tranqüilamente sentadas e conversando na porta de sua casa? Contra as provas que começam a se acumular a meu desfavor, só posso contar com a inverossimilhança da acusação. Começo a descobrir, no entanto, que isso não basta para provar a minha inocência. Aparentemente estabeleceu-se entre mim e a Justiça, representada fisicamente pela repugnante figura do rábula em seu terno preto e camisa amarela, um abismo intransponível no que diz respeito à interpretação do que é a realidade. A minha tem base lógica e empírica. A dele é fantástica e abstrata. E quem pode garantir que a verossimilhança prevaleça sobre o absurdo. Quantas vezes temos visto a vitória da desrazão sobre a sensatez!

Felipe

Não houvesse minha mãe contado a história de meu nascimento e minha vida poderia ter sido outra, bem diferente. Eu poderia, talvez, quem sabe, ter sido um menino feliz, um homem feliz.

Costumava chamar-me de Fernando, ela e todos os da família, e os que me conheciam. Até o dia em que me matriculou na escola. Ao ser perguntada pelo "nome do menino", disse chamar-se Felipe. Olhei para ela surpreso e ia corrigi-la quando percebi o sinal que me fazia para que me calasse. Ao deixarmos a escola indaguei-lhe a razão de ter dado um nome falso à freira na secretaria. "Não foi falso", respondeu laconicamente, "quando chegarmos em casa eu lhe explico". A viagem de bonde nunca me pareceu mais longa e já na soleira da entrada de casa cobrei-lhe a explicação prometida.

Lembro-me do embaraço em que estava para encontrar a melhor maneira de esclarecer o mistério da troca de nomes. Entre várias hesitações, foi construindo a explicação fantástica do que de fato ocorrera. Era quase palpável o mal-estar com que desentranhava cada frase do segredo até então mantido imperturbado. Contou-me que eu era o sobrevivente de dois irmãos gêmeos, os primogênitos e únicos varões da família. Muito esperados e desejados que éramos, desde que soubera sermos dois meninos dera-nos os nomes de Fernando e Felipe, respectivamente, para o primeiro e o segundo a nascer. Fernando foi o primeiro, mas morreu minutos após, pois chegara ao mundo asfixiado pelo cordão umbilical que se havia enrolado em seu pescoço. A decepção foi grande e a alegria do meu nascimento foi empanada pela tristeza da morte prematura de meu irmão.

Nasci fraco, talvez pelas complicações derivadas do retardamento causado pela asfixia de meu irmão, de modo que alguém, temendo destino semelhante para mim, apressou-se em batizar-me, possivelmente *in extremis*, garantindo ao Felipe que então me tornei livrar-se do limbo, coisa que ninguém tivera o senso de oportunidade de fazer antes com o Fernando. Sobrevivi. Minha mãe, porém, não se conformava com a morte do primogênito e, como que para apagar da memória a sua perda, passou a me chamar pelo nome de meu irmão. Meu pai, no entanto, insistiu em manter o nome Felipe nos assentamentos que regularizavam minha situação de novo cidadão. Considerava necessário manter nos registros civis a coerência com o nome que me havia sido dado no batismo pela enfermeira generosa cuja iniciativa tempestiva salvara a minha alma. Mas por Fernando passei a ser chamado desde o primeiro dia, e por nenhum outro nome era conhecido de ninguém, até aquela manhã fatídica da matrícula na escola.

O que pudera parecer uma coisa relativamente sem importância, dependendo de eu me acostumar a ser chamado por outro nome na escola, na verdade não era tão simples. O nome é a pessoa e eu não era Felipe, mas sim Fernando, desde que a mim mesmo me conhecera. Não podia, sem mais nem menos, passar a me reconhecer como Felipe. Pior ainda, nas semanas que se seguiram, cada vez que, na chamada em classe, ou no recreio, ouvia alguém dirigir-se a mim como Felipe, tinha a sensação de que me estavam acusando de fraude, que eu era, na verdade, o Fernando cujo nome não queriam pronunciar e que Felipe era o meu nome de impostor.

Procurava não falar sobre tudo isso com minha mãe, mas a angústia que começava a apossar-se de mim levou-me um dia a retomar o assunto para aprofundar as razões que a teriam levado a tão estranho comportamento. Foi, talvez, ainda mais desconfortável do que a primeira essa segunda conversa. Minha mãe, obviamente, não queria voltar ao tema e não foi difícil perceber que havia algo mais na história que ela queria guardar escondido. Pedi-lhe detalhes sobre o que realmente havia ocorrido a Fernando, quais as circunstâncias exatas da sua morte. Terminou por contar-me que, dadas às complicadas posições em que nos encontrávamos por ocasião do parto, os médicos tiveram que escolher, em determinado momento, entre salvar um ou perder ambos e que foi assim que, sem alternativa, dada a avançada asfixia do primogênito, decidiram optar pela preservação das condições mínimas de sobrevivência do segundo nascituro, o Felipe que eu era. Chamar-me Fernando, disse minha mãe, era uma forma de dar vida ao pobre irmão por assim dizer sacrificado para que eu pudesse viver.

Posso entender hoje o drama vivido por minha mãe, mas entendê-la não significa perdoá-la. Para resgatar Fernando, de um certo modo destruíra Felipe ao fazer-me culpado de sua morte. Na verdade, a minha vida não me pertencia. Pertencia a ele e dele havia sido subtraída para incorporar-se em mim. A partir de então esse sentimento foi se desenvolvendo em minha consciência com tal vigor e persistência que não mais me senti dono de meu destino. Estava vivendo uma vida emprestada, inautêntica, que não me dava direito a nenhuma de minhas identidades.

Você pode dizer que essa sensação desconfortável, essa dissociação de minha personalidade, não é nada que uma boa psicoterapia ou psicanálise não possa resolver. Acho que está enganado. A mente humana não é um jogo de Lego que permita a rearrumação das peças de modo a reconstituir um todo homogêneo, ainda que ligeiramente diferente do original proposto ou do modelo aparente. Estou definitiva e irremediavelmente condenado a não reintegrar uma personalidade única e homogênea dentro de mim. Sinto isso a cada momento. Quando me tornei campeão dos cem metros na escola e subi ao pódio para receber a medalha, foi com vergonha que o fiz, vergonha não de ser assim destacado na presença de um vasto público de olhos pregados em mim, mas de estar escondendo a toda aquela gente que eu estava representando um papel que não era meu, mas de meu irmão cuja vida eu surrupiara. Ele era o atleta sacrificado, para que o irmão franzino pudesse sobreviver.

Fui esquivo com meninas. Temia não saber como comportar-me com elas. Ou melhor, não saber como Fernando se comportaria com elas. Não queria que vissem o meu corpo, achando que à curiosidade delas ele denunciaria ser um corpo de empréstimo, um disfarce. Se cheguei a me casar com Marina foi porque a ela tudo contei um dia para explicar o retraimento com que procurava esquivar-me de suas evidentes demonstrações de interesse por mim. Não quero dizer que foi dela a iniciativa de nosso namoro. Tímido e indeciso, nunca sabia dar o primeiro passo, mas a maneira como de longe olhava as meninas que despertavam minhas carências afetivas e sensuais não podia deixar de enviar mensagens que tinham que ser reconhecidas. Marina incorporou com extremos de doçura e competência o espírito maternal latente em toda mulher e passou a amparar-me com infinita paciência em minhas recorrentes crises de identidade. O efeito curativo de sua assistência foi de tal monta que posso dizer — e no caso isso tem um significado que apenas eu mesmo posso avaliar — mudou a minha personalidade. Tivemos um noivado feliz e um casamento alegre. Casei-me virgem, devo dizer, e isso talvez tenha tido algo a ver com o que depois aconteceu. Ao ver-me sozinho com Marina na "câmara nupcial", como jocosamente se referiam os amigos ao quarto a cuja porta nos levaram, de repente todas as angústias que me acompanhavam cada vez que tinha que tirar a roupa diante de uma mulher — digo tirar a camisa, por exemplo, para, na praia, entrar no mar, ou à beira de uma piscina, instigado a expor-me aos raios do sol —, todo o desconforto de apresentar-me sem as coberturas que escondiam o disfarce da minha pele, que não era minha, expandiu-se dentro de meu cérebro, no interior de minhas veias. Suava frio e tremia. Queria falar e apenas balbuciava palavras incompletas, sílabas incompreensíveis. Sabia ser aquele momento o mais decisivo na definição que tinha que fazer entre Felipe e Fernando. Mas não podia deixar de sentir-me culpado, de ver-me na iminência de cometer adultério com a mulher que não era minha, mas de Fernando.

Não é preciso dizer que nosso casamento nunca foi consumado e que, apenas para salvar as aparências, não terminou naquele dia mesmo. Arrastou-se por alguns meses, enquanto articulávamos maneiras de dissolvê-lo sem maior escândalo. Marina casou-se de novo com um antigo namorado, que deve ser, talvez, a única outra pessoa que tem conhecimento de nossa infeliz história. Não mais a vi, nem procurei. Nem a ela, nem a mais ninguém. Que pode repartir quem nunca viveu? Felipe nunca chegou a viver. Felipe existiu apenas, como o invólucro, o repositório do cadáver de Fernando, ou, se quiserem, do seu espírito.

Sheila

Conheci Sheila no dia em que o Alberto morreu.

Aliás, não posso dizer que a "conheci". Nunca trocamos uma palavra. Apenas sei quem ela é e, acho, é possível que ela saiba quem eu sou.

Vi-a de relance. Caminhava por Ipanema e avistei Alberto indo um pouco à minha frente, na direção do mar, acompanhado de uma loura. Ela era alta, mais alta do que ele, bem feita de corpo. Chamou-me a atenção. Alberto não era propriamente o tipo a ver-se acompanhado de mulheres bonitas. Temia-as um pouco. Suas namoradas eram quase sempre menininhas insignificantes, incapazes de atrair o olhar de qualquer pessoa nas ruas.

Estaríamos, talvez, a uns dez metros da Vieira Souto quando ela, sem mais nem menos, virou-se para trás e sorriu-me. Sim. Sorriu para mim. Olhei em volta e não havia ninguém mais que pudesse ser o destinatário daquele sorriso, claro, franco, até mesmo, eu diria, um tanto malicioso. Sorriu-me e logo voltou-se para a frente, retomando o que parecia ser um diálogo com Alberto. Não podia ter sido porque Alberto lhe houvesse dito qualquer coisa sobre mim porque tenho a certeza de que Alberto não me vira. Dobraram a esquina e sumiram do meu campo de visão. Mal haviam desaparecido de minha vista quando escutei o ruído de um carro em colisão. Pessoas corriam na direção para a qual Alberto e a moça haviam se dirigido. Apressei o passo também. Alberto estava morto no meio da rua. A motorista do carro gritava descontrolada enquanto os que a cercavam procuravam acalmá-la e desviavam o olhar como que repugnados pela visão do corpo de Alberto desfigurado e coberto de sangue. Acerquei-me do meu amigo, mas eu mesmo não tinha coragem de segurá-lo. Alguém me perguntou se eu conhecia o morto e se estava com ele na ocasião do atropelamento. Disse que não, que passava por ali por mero acaso. Decidi afastar-me, antes que me quisessem fazer testemunha do que eu realmente não tinha presenciado. Procurei entre os circunstantes a moça que o acompanhava, mas não a encontrei.

Meses depois estava à mesa de um bar de beira de calçada no Leblon com um grupo de amigos quando a vi passar a dois passos de mim. A mesma elegância discreta no andar, o mesmo à vontade que acolhera minha atenção no dia da morte de Alberto. Não pude deixar de segui-la com o olhar, a ponto de momentaneamente desligar-me da conversa animada que vinha tendo, parando no meio de uma frase. Ela passou por mim e dois passos adiante voltou-se com o mesmo sorriso que me estonteara na tarde trágica de Ipanema.

— Êpa! Estás premiado, garoto. Viram o olhar que ela dirigiu para ele!

Sorri encolhido, embaraçado.

— Não era para mim. Como é que você podia saber que era para mim que ela estava se dirigindo?

— Não seja modesto, garoto. Claro que era para você. Para mim é que não era. Nem para o Augusto. Ela não fala conosco. Acha que não estamos a altura de suas atenções.

— Como? Vocês a conhecem?

— É a Sheila. Foi namorada do Alberto. Não durou uma semana, coitado. Perece que ele estava adivinhando. Dizia que nunca se havia sentido tão feliz e, ao mesmo tempo, tão angustiado. Achava que aquilo não tinha vindo para durar, que ela era demais para ele. E não durou.

Augusto falava sem tirar os olhos da figura de Sheila que se afastava já longe. Não sei por que, mas tive a impressão de que havia na maneira como falava algo de um ciúme retrospectivo.

— Você já a conhecia?

— Fui eu que a apresentei a Alberto. Não podia imaginar que um mulheraço daquele pudesse se interessar por um tipo tão sem graça como o Alberto.

— E de onde você a conhecia?

— De uma festa na casa do Alfredo. A última que ele deu antes do enfarto que lhe custou a vida. Aquele, sim, podia estar enrabichado pela Sheila. Tinha o tutu necessário para sustentar todos os luxos de uma gata daquelas. Mas não durou, também, para aproveitar.

Foi a última vez que vi Augusto. Aquela noite, quando voltava para casa, foi assaltado na porta da garagem e assassinado por um dos ladrões.

Há quinze dias Mariana me disse que havia almoçado com a Sheila e que ela só falava de mim. Que queria me conhecer, mas que eu parecia a estar evitando, não deixando haver qualquer aproximação entre nós. Confesso que não sei o que fazer. Não conheço nenhum homem que diante da perspectiva de relacionar-se com uma mulher como Sheila não se jogasse de corpo inteiro na possibilidade de um encontro. Sheila é tudo o que pode fazer inchar a vaidade de um homem e não sou menos vulnerável a seu charme do que qualquer dos meus amigos que tiveram o privilégio de merecer suas atenções. Ao mesmo tempo, não posso deixar de temer o que a proximidade da Sheila me pode causar. Não sou supersticioso, mas como não causar-me arrepio pensar no que aconteceu com Alfredo, com Alberto, com Augusto. Se eu não me chamasse Armando, talvez tivesse a coragem de oferecer-me ao seu charme sedutor. Que faria você no meu lugar?

Uma história simples

Tudo começou quando não pude mais esconder o meu amor por Agnes.

Sempre fui quieto, retraído. Filho único, não tive, em casa, companheiros ou confidentes. Meu pai morreu cedo. Minha mãe não encontrou em mim a filha que quisera ter tido e com quem poderia ter continuado a brincar de boneca. Nasci menino e, no fundo, isso ela nunca me perdoou. Nunca tivemos mais do que o diálogo superficial imprescindível na nossa relação doméstica formal. Minha tia me considerava apenas um obstáculo insuportável à atenção exclusiva que esperava ter da irmã caçula, de quem se considerava uma espécie de protetora, mas da qual não era, senão, uma importuna parasita. Não tinha primos da minha idade. Nem vizinhos. Nem amigos. Aprendi a viver só, com meus pensamentos, com os meus livros. Lia muito. Sempre. E nos livros achava todo o conforto de que precisava: companhia, respostas, desafios, aventura, compreensão, simpatia, amizade, amor. A todos convinha esse arranjo. Eu ficava quieto no meu canto, não incomodava ninguém.

Não foi triste a minha infância. Tive de companhia tudo de que precisei. Elas mudavam de um livro para outro, mas isso não me perturbava. Meus pequenos amigos, minhas amiguinhas eram sempre presenças refrescantes, mesmo quando era eu que tinha que dar a elas o carinho e a atenção de que eu mesmo era carente. Lembro-me, por exemplo, o quanto fiquei feliz de poder ser o confidente da Mudinha que Fala, cuja desolada figurinha, com o dedo indicador tapando os lábios, sua saiazinha comprida, seus tamancos holandeses, guardo como uma foto na memória.

Não foi senão quando Agnes surgiu na minha vida que, de repente, minha mãe e minha tia se deram conta de mim. Olhavam-me de forma preocupada e interrogativa, cochichavam observando-me de esguelha. Arrependi-me de haver mencionado a descoberta de Agnes e o que ela estava significando para mim. Quis fingir que nada havia acontecido, mas meu comportamento devia trair o segredo que queria recapturar e a atmosfera sediciosa a meu respeito que havia na casa só fez adensar-se. Vi minhas gavetas remexidas. Sumiram livros de minha estante. Protestei. Devo tê-lo feito de forma retumbante, pois percebi a expressão de pânico deixada nos rostos de minha mãe e de minha tia. Houve conciliábulos familiares, outros tios foram convocados. Meu tio médico conversou comigo. Não entendi o teor nem o propósito dessa conversa. Mas devolveram-me os livros e fizeram planos para passarmos umas férias na casa de um outro tio que veraneava numa praia. Insinuaram que eu encontraria pessoas da minha idade, algumas meninas interessantes que eu ficaria feliz de conhecer.

Ora, na verdade eu não achava que precisasse conhecer ninguém. Toda a carência de companhia feminina que um adolescente pudesse exprimir estava mais do que resolvida com o surgimento de Agnes em minha vida. Agnes era muito mais do que apenas outra companheira a suceder às muitas que já tivera para minhas solitárias vigílias. Agnes era uma revelação. Se com ela estava, sentia-me um ser completo e bom. Se me faltava, por dela estar distante alguns dias, era como se houvesse perdido minha mão direita. Não sabia o que fazer de mim. Era como se me faltasse a cabeça, o coração. O mundo inteiro virava um espaço branco no qual nada havia onde eu pudesse repousar o corpo ou aplicar a minha imaginação. Agnes querida, quantas vezes te disse com as palavras mais ternas que meu jovem coração sabia expressar o que representavas para mim, meu anjo guardião, repositório de todas as minhas certezas, mansa zeladora de todas as minhas emoções. Meu anjo bom, eu te chamava, e eras isso para mim, meu guia, meu apoio, minha direção.

As férias pareceram longas ao começar. Logo se abreviaram com os dias tornados curtos pela sucessão de acontecimentos diários, nem todos desagradáveis. Não me sentia particularmente atraído pelas partidas de voleibol, nas quais meu desajeitamento era motivo de constrangimento coletivo, nem pelas brincadeiras de salão. Mas curtia os passeios solitários ao longo da praia deserta pela manhã e as conversas que tive o privilégio de ter a sós com Helena nos fins de tarde. Nela encontrei todas, todas não, muitas das qualidade que me tinham feito apaixonar-me por Agnes. Mas com Helena era diferente. Eu não tinha coragem de a ela dizer as coisas que não me pejava dizer a Agnes. Ficamos num relacionamento íntimo e respeitoso. Íntimo porque não repartimos com ninguém o prazer que sentíamos na companhia um do outro. Respeitoso porque não extravasávamos esse prazer em qualquer movimento de aproximação física que quebrasse o encantamento espiritual que nos unia. Mas as férias terminaram e voltamos cada um para sua cidade, com um mar nos separando. Nunca mais nos vimos.

Minha volta para casa foi penosa. Tinha a impressão de me haver aproximado de alguma coisa que poderia ser a minha felicidade e tê-la deixado escapar. Não procurei encontrar Agnes novamente. E por algum tempo tudo pareceu assentar-se em seus lugares dentro de mim. Não precisava de ninguém, não procurava ninguém.

Foi três anos depois que conheci Antoinette.

Antoinette chegou a tempo de prorrogar ainda por alguns meses os últimos amores espirituais da adolescência. Eu já sabia o que era o desejo e como ele é capaz de interferir na relação que se queira mais pura e desinteressada. Mas conservava ainda aquele anelo talvez romântico de entregar ao ser amado um coração transparente e um corpo limpo. Se com Agnes talvez quisesse mais receber do que dar, com Antoinette meu ardente desejo era o de dar. Dar a ela carinho, amor, compreensão, tudo o que lhe faltava, até mesmo, na medida certa, do irmão ao qual com devoção sacrificava toda esperança de uma vida mais amena.

Antoinette não era bonita. Mas não podia chegar a lugar algum, ou passar mesmo por uma calçada, sem que algo nela atraísse os olhares de quem não fosse indiferente a um charme feminino. Havia nela discreta elegância no andar, um leve embaraço de gestos, uma coqueteria espontânea e ingênua que não chegava a disfarçar uma mal contida expressão de suavidade fatigada, que imediatamente despertava a atenção e a curiosidade. Quis decifrá-la e enleei-me no seu mistério.

Não foi amor. Foi uma obsessão cultivada, querida. Pensava nela noite e dia. Ansiava pelos momentos em que pudesse estar só, sem compromisso de estudo ou refeições, para pensar nela, sonhar com expedientes que pudessem aliviar seus sofrimentos, deixassem me apresentar perante ela como aquele que lhe viesse resgatar dos abismos de seu aviltamento para elevar-lhe à vida de luz e de alegria que merecia. Às vezes me parecia que bastava estender-lhe a mão e ela a aceitaria reconhecida. Outras vezes, porém, era como se estivéssemos deitados ao lado um do outro, mas separados por uma parede que interditaria a ela perceber minha mão estendida e a ternura de meu gesto.

Quando Antoinette morreu, algo em mim de importante morreu com ela. Morreu minha adolescência retardada, minha capacidade de crer na possibilidade de tudo poder resolver com o amor, minha última esperança de encontrar a alma gêmea que me preservasse no casulo do paraíso particular que tecera para acolhê-la.

Não sei quanto do que se passou comigo foi percebido na minha casa. Cada vez mais raras eram as ocasiões em que saía do meu quarto e, com minha mãe ou minha tia, minhas conversas se esgotavam em monossílabos.

Meu quarto amor foi Aglaia.

Aglaia era efusiva, autêntica, desafiadora, real. Isso, real. Tinha seus arroubos oníricos — quem não os tem —, mas estava plantada na terra e sabia distinguir o que era visão do que era convenção, a convenção social que impregnava toda a atmosfera do mundo em que vivia. E Aglaia era bonita.

Não foi fácil, a princípio, não por Aglaia, mas por mim. Sentia-me demasiado pequeno para a grandeza que lhe atribuía, feio para sua beleza, inexperiente, para seu à vontade social, inculto, para sua versatilidade na conversação, ingênuo, para sua ironia, pobre, para sua riqueza, desajeitado, para sua exuberante naturalidade. Um idiota. Mas, fosse porque não podia esconder minha absorvente admiração por ela, fosse porque meus furtivos, medrosos, mas insistentes e amorosos olhares lhe iluminassem inadvertidamente o rosto receptivo, terminou Aglaia por conceder-me o inesperado privilégio de sua atenção. Via em mim coisas que eu não chegava a ver, mas que ela descrevia com inesperada ternura. Eu era melhor, mais nobre, mais atento, mais sábio do que todos os homens que a cercavam ou que a cortejavam. Nenhum deles valia mais do que o meu dedo mínimo, nenhum seria digno de levantar do chão um lenço que ela deixasse cair. Com o tempo, Aglaia chegou mesmo ao ponto de propor-me ser o comparsa de suas intenções de fugir de casa. Poderíamos ir a

Roma, Paris, visitar os museus que ela só conhecia de nome. E viveríamos simplesmente, ensinando crianças. Claro que não podia esperar maior contemplação por parte dos deuses que pudessem reger a complicada trama de nossas vidas. Mas tive medo. Ou fui demasiado lúcido para compreender que tudo seria uma insensata aventura, pois todo o apoio que pudesse dar-lhe na tresloucada empresa logo se voltaria contra mim na forma absolutamente irremediável de responsabilizar-me pelo inevitável insucesso que dela resultaria.

Que maior prova podia eu dar de que, longe de ser uma pessoa desvairada, desligada das realidades do mundo, como minha família me acusava de ser, eu sabia me comportar com sensatez diante até das mais tentadoras propostas que me aparecessem?

Com inabalável coragem e senso de responsabilidade afastei-me de Aglaia e, por algum, tempo, vivi sozinho com meus pensamentos. Não tive qualquer contato social durante anos. Bastava-me a mim mesmo e com a companhia, somente, dos livros que nunca me abandonaram.

Até o dia em que conheci Emma.

Emma foi um *coup de foudre* depois de tão prolongada abstinência sentimental. Emma aparece na minha vida não somente como a inesperada companheira de carências e de frustrações, mas como — e pela primeira vez — aquela que além de sua alma parecia disposta a dar-me também o seu corpo.

Emma só tinha em comum com Aglaia a insatisfação com o entorno familiar e social em que vivia, a aspiração romântica de encontrar noutro lugar a felicidade e o amor que sua vida provinciana lhe negava.

Encontrei-a quando eu ainda era jovem, sentindo como frescos os sentimentos que nela já pareciam retardatários. Mas nessa limitada, e para nós então original angústia, digamos existencial, encontramos um certo consolo na companhia que nos fazíamos, discreta, inarticulada, embora, como vim a saber mais tarde, em cada um de nós houvesse a suspeita de que o outro nos amava.

Devo dizer que, se depois veio a cansar-me o lado lamartiniano de suas queixas, tanto quanto as excitações passionais que lhe provocavam a literatura e a música, no início de ambos sentimentos compartilhava com genuína simpatia, neles percebendo o potencial de cumplicidade que nos permitia. Eu era, porém, inexperiente nas artes da sedução e minha pobre Emma mal começara a exercitar-se nas do adultério. Assim pareceu terminar nascituro o amor que poderia me ter desvirginado.

Nunca se deve desprezar, porém, as virtualidades do acaso. E esse deus pequenino nos reuniu de forma inesperada, no momento exato em que tudo iria favorecer nosso clandestino amor. Como esquecer aquela visão do nosso reencontro, ela em seu peignoir de seda, sentada na velha poltrona no quarto de hotel, virada para o encosto onde apoiava seu queixo, seus cabelos louros repetidos no espelho contra o fundo de ouro do papel da parede! Todo o amor que eu havia abafado dentro de mim outrora refluía agora com violência e, de repente, vi tornar-se autêntico o desejo de possuí-la que, ao procurá-la naquela tarde, parecera não passar do desejo de seduzi-la.

Creio que nos amamos verdadeiramente. Pela primeira vez eu podia me olhar no espelho e dizer a mim mesmo, tenho uma amante, sabendo, sinceramente, que isto também queria dizer, tenho uma amada. Fomos felizes, felizes naqueles instantes em que podíamos estar juntos, como no fiacre, como na barca, como nos quartos de hotel, e felizes, também, naqueles momentos em que sabíamos que íamos estar juntos, ou em que acabávamos de estar juntos. E nosso amor durou o tempo que pode durar qualquer amor adúltero, qualquer amor, talvez. Quando Emma morreu, já não nos amávamos.

Mais uma vez, não encontrei na minha família qualquer compreensão, nem para o enorme significado que teve para mim sentir-me amado por uma mulher mais madura, com uma posição social estável e superior à minha, nem para a depressão que acompanhou o fim do nosso relacionamento que, por haver coexistido com uma certa sensação de alívio, com o encerramento de uma situação ambígua e arriscada, não deixava, por isso, de ser real e sincera. A morte de Emma deve até ter dado a todos uma certa satisfação. Não devem ter pensado, nem por um instante, que, apesar de tudo, o suicídio de Emma deveria ter-me abalado. O fato é que, sem dar-me o tempo de recompor-me, tomaram logo a decisão de internar-me, sob o pretexto de que eu estava precisando "acalmar meus sentimentos", sentimentos que, na realidade, nunca estiveram tão calmos.

Não tenho como reagir. Nunca me foi dada qualquer possibilidade de apresentar o meu ponto de vista e parece haver um conluio tácito — talvez expresso, mas escondido — para tratar-me como se eu não tivesse a capacidade de entender nada do que se passa comigo, nem o direito de expressar qualquer inquietude sobre a maneira como decidem o meu destino.

O que mais ouço dizerem, nas suas conversas em geral cochichadas com os médicos, é que não tenho os pés na terra, que confundo realidade e ficção. Não sei de onde tiram essas conclusões. Não me sinto diferente de ninguém. Às vezes acho mesmo que eles é que não têm os pés no chão, pois insistem em não ver o óbvio. Meus amores, por exemplo. Ultimamente fizeram de tudo para me impingir Ana Olympia como namorada. Mas não existe nada em comum entre mim e Ana Olympia. O primeiro contato foi um desastre integral. Não conseguimos encontrar nada para nos dizer, nem um ponto comum nos nossos interesses. Ana Olympia nada leu. Fala de festas, de lugares. Olhava-me enfadada e logo desapareceu. Já com Agnes, Aglaia, Emma, nunca nos faltou assunto. Nossa comunhão era total. Mesmo com Antoinette. Ela não o sabia, mas eu sabia que éramos almas gêmeas. O que há de errado nisso?

Agora estou neste lugar que parece um sanatório. Deve ser um sanatório. As pessoas que me cercam têm olhares estranhos. Não se falam. Comportam-se como fantasmas em pleno dia. Felizmente há as freiras. Elas se dirigem a cada um de nós, fazem perguntas ociosas, mas com ternura. Então, como vai esse nosso poeta? Está mais animadinho hoje? No começo me irritava esse diminutivo, mas agora já deu para sentir que não é condescendente, mas carinhoso. Especialmente Irmã Mariana. Sor Mariana, eu a chamei, quando chegou perto de mim esta manhã. Ela me sorriu e alisou o meu ombro. Ah!, imprudente mulher que não sabe o que pode o peso leve de uma mão feminina!

Horóscopos

Não sou dado a aventuras que me desviem do beneplácito de minha confortável rotina. Aprecio, honestamente, meus hábitos e detesto tudo o que possa deles afastar-me, mesmo que seja por um dia. Fui sempre assim, e não foi isso algo adquirido depois de adulto, por imposição do gênero de atividade a que me vi cingido. Fui um funcionário público que se poderia chamar de exemplar. Não me recordo de ter faltado um só dia ao trabalho ou de ter jamais chegado atrasado na repartição. Não ficava, após o término do expediente, rondando os chefes para demonstrar-lhes uma disponibilidade interesseira, como certos colegas meus, atitude que às vezes lhes pagava, mas nem sempre, sabendo, no fundo, um bom chefe reconhecer quem lhe quer sinceramente auxiliar de quem espera, apenas, servir-se de uma adquirida confiança adicional para eventual proveito próprio. Saía na hora, como chegava na hora. Mas deixava sempre o meu trabalho feito e nunca atrasei um relatório pedido ou alguma correspondência encomendada. Talvez por isso minha aposentadoria antecipada por uma dessas misteriosas razões burocráticas difíceis de serem explicadas e dolorosas de serem aceitas, me desestabilizou por completo e eu tenha terminado por aceitar a sugestão estapafúrdia do Anselmo. Talvez, contrariamente a meus hábitos, eu tenha me deixado levar por um impulso. Não tinha, aliás, porque me deixar influenciar. Não é ele a pessoa mais afim com meus interesses e minha maneira de ser. Anselmo é do tipo expansivo, facilmente entusiasmável. E nisso é levado um pouco pela mulher que lhe explora a natureza complacente e generosa. Foi dela, eu sei, a idéia do tal cruzeiro no Caribe do qual Anselmo regressou eufórico e cheio de bugigangas eletrônicas compradas nas lojas duty-free pelo caminho. O fato é que não lhe faltavam superlativos para me incentivar a fazer o mesmo. Eu tinha que fazer um cruzeiro pelo Caribe. Só isso me apagaria o azedume, a contrariedade com a sorte, o mau humor contagioso que se apossara de mim. Aceitei e, desajeitadamente, me vi contratando numa agência de turismo uma excursão no *Luz Del Caribe* que por três semanas me tiraria de casa, onde ainda não havia encontrado uma rotina que acomodasse as horas do dia ao meu estado de ânimo.

Foi, pois, com a mais estranha das sensações que subi a escada do *Luz Del Caribe*, após o abraço meio constrangido com que retribuí as efusões de Anselmo dado àquelas esfregações de costas e encosto de caras tão abundantemente praticados pelos otimistas.

Nunca tinha entrado num navio antes. A idéia que deles fazia, me vinha dos filmes em que mais se vê cenas de convés ou do interior de alguma cabine com escotilhas cerradas do que propriamente do mar. Mas o *Luz Del Caribe* era algo novo, como devem ser, aliás, todos esses enormes navios brancos, que parecem iates gigantes, e que aportam periodicamente nos cais outrora destinados aos de tanta gente saudosos transatlânticos. É um shopping center acoplado a um cassino e a um clube de ginástica. A circulação pelos corredores e salões é intensa. As pessoas são supostas estarem alegres e falarem em voz alta. Todo mundo se cumprimenta. Há música encanada por toda parte. E luzes, muitas luzes.

Logo descobri que a última coisa que você pode fazer num navio é olhar para o mar sem mais outro propósito do que olhar para o mar. Basta pisar fora da cabine — e nada é mais deprimente do que ficar dentro de uma cabine fora das horas de sono — para você ser assaltado por animadores profissionais, pelos vendedores das galerias, ou pelos companheiros de viagem em delírio de comunicação. Uma espreguiçadeira no convés é um luxo a ser programado e disputado. E um livro na mão não chega a ser uma proteção. Ensaiei o estratagema de colocar Dan Brown numa capa de Harold Bloom e tive a conseqüência desastrosa de ter na cadeira ao lado um teólogo amador que me monopolizou duas horas para discordar do autor fictício da novela policialesca que eu tinha emborcada no meu colo sobre a autoria do Pentateuco. No dia seguinte, tirei a falsa capa e assumi o vexame de testemunhar publicamente minha ávida curiosidade quanto ao futuro de Robert Langdon e sua voluptuosa companheira de aventuras e quis o destino que meu novo companheiro de lazer além de contar-me o fim da história discorresse como um iluminado sobre profecias apocalípticas. Tomou-me toda a manhã e ao despedir-se afirmou ter ficado encantado em conhecer-me. Há muito tempo não tinha o prazer de ter uma conversa tão inteligente. O que revelava o alto conceito em que tinha a si próprio, pois eu mal abrira a boca enquanto ele discorria sobre os feitos proféticos de Isaías a são Malaquias.

Não foi possível subtrair-me de meu admirador nos dias que se seguiram. Por mais que procurasse diversificar meu estacionamento, ele sempre encontrava um meio de me descobrir. Terminei por aceitar sua visita diária e até esperar a dose cotidiana de idéias estapafúrdias com que ele me preparava para mais um dia infeliz. E foi assim que, lá pelo fim da segunda semana de nosso cruzeiro, quando cruzávamos de Willemstad para Santo Domingo, ele me apareceu, com um ar de extrema preocupação, mostrando no jornal impresso o seu horóscopo, com a notícia que lhe pareceu catastrófica de que o dia seguinte, uma sexta-feira 13, por enorme coincidência, lhe reservava "estar sujeito a um grave acontecimento que poderia determinar o rumo de sua vida". Seus profundos conhecimentos de coisas esotéricas permitiam-lhe antecipar algo de grave com o navio, com o que não apenas ele, mas todos nós, passageiros do *Luz Del Caribe*, estaríamos certamente em risco. Pedi-lhe para ler o meu horóscopo, a fim de ver se sua previsão ou suposição se confirmava através dos horóscopos de outros passageiros. O meu me assegurava um dia tranqüilo, propício a um encontro amoroso. Procurei aliviar meu companheiro de viagem, mostrando-lhe que nada de grave poderia vir a ocorrer com o navio, pois, pelo menos as pessoas de meu signo nele presentes, teriam todas um dia tranqüilo, favorável ao amor. Meus argumentos não conseguiram desanuviar a face de meu interlocutor, que, ao contrário de seus hábitos, pouco falou nessa manhã e foi visto sempre calado e sério o resto do dia perambulando pelo tombadilho.

Isso me permitiu poder chegar à Escócia e visitar a capela Rosslyn em companhia de Robert Langdon.

Sou de acordar cedo e nessas duas semanas a bordo era sempre dos primeiros a chegar ao convés, ainda semi-deserto, para aproveitar o silêncio e o calor brando do sol matutino. Mas nessa sexta-feira a afluência de passageiros era grande nos corredores e no convés. Em vez das vozes altas e das gargalhadas habituais eram sussurros o que se escutava e expressões de curiosa preocupação o que se via em cada semblante. Nenhum ruído procedia das máquinas e era possível verificar, já pelas escotilhas da cabine, que o navio estava parado. Do convés, via-se que o mar também havia parado de mover-se. Até onde a vista alcançava, estendia-se um liso espelho de água refletindo um céu de azul imaculado. Ninguém parecia saber o que estava acontecendo. Uma pequena multidão se juntava em frente ao gabinete do comissário procurando explicação e passava para os que estavam mais atrás a única informação recebida de que estava sendo averiguada a causa da parada das máquinas, mas que não havia motivo para inquietação e em poucos instantes seria emitida uma informação oficial. A informação, no entanto, tardava em chegar levando alguns passageiros a manifestações exaltadas que logo conduziram a um certo pânico, com os rumores que começaram a circular de que o comandante do navio estava incomunicável na torre e que o imediato que o fora contatar, havia já vinte minutos, de lá não regressara para dar a explicação prometida. Pressionado pelos passageiros, o comissário dirigiu-se à torre de comando e de lá, igualmente, não regressou.

A essa altura o pânico generalizou-se e espontaneamente alguns passageiros de maior capacidade de liderança procuraram administrar a crise propondo uma reunião no saguão principal para analisar a situação e propor ações pertinentes. Decidiu-se, em meio a uma enorme confusão de vozes, designar uma comissão de três passageiros que iriam procurar pessoalmente o comandante e exigir explicações em nome de toda a coletividade. Lançado o apelo a que voluntários se apresentassem, logo dois dos mais exaltados arregimentadores se ofereceram. Faltava um. Foi então que meu constante companheiro de conversas inteligentes, um tanto timidamente, mas sem equívocos, ofereceu-se para completar a embaixada. Admirei-o nessa hora, pois de todos os presentes somente eu, provavelmente, conhecia o que mostrava de abnegação aquele gesto aparentemente generoso.

À partida dos embaixadores sucedeu-se um grande silêncio na sala. Todos pareciam concentrar-se na esperança de vê-los regressar com uma explicação plausível que restaurasse a tranqüilidade e permitisse a retomada do parêntese de futilidade que a vilegiatura marinha proporcionava.

Quando, ao cabo de três quartos de hora, os enviados não haviam regressado, o pânico generalizou-se. O que poderia estar acontecendo na torre de comando que todos os que nela entravam de lá não regressavam? Ninguém mais se voluntariava para nova embaixada. Quando muito, alguns corajosos decidiram ir até perto para tentar verificar se vozes podiam ser escutadas ou pessoas apercebidas pelas janelas. Voltaram desorientados. Nada se ouvia dentro da torre. Nada se via. Já não foi possível coordenar mais qualquer ação. Alguns sugeriram solicitar ao radiotelegrafista alertar os escritórios da empresa de navegação, mas encontraram inoperante o sistema de comunicação de bordo. A essa altura, já centenas de passageiros haviam eles próprios, com seus celulares, começado a alarmar parentes ou a solicitar providências a suas secretárias.

Eram onze horas da manhã quando chegou um helicóptero que despejou no convés uma meia dúzia de homens grandalhões, em uniformes de campanha, armados com metralhadoras. Abrindo caminho com movimentos bruscos e apressados, encaminharam-se, sem dizer palavra, para a torre de comando que invadiram como se a estivessem assaltando. Inútil demonstração de força, pois a porta estava apenas encostada e de dentro não veio qualquer reação. O suspense era intolerável e emudeceu todas as bocas. Todos pareciam prender a respiração. E nada aconteceu. Tampouco o comando voltou. Senti uma mão que tomava o meu braço. Era uma mulher, talvez aí pelos quarenta anos. Tinha um ar apavorado e me dizia para não deixá-la morrer sozinha. Procurei acalmá-la, mas não sabia o que dizer-lhe. O caos parecia tomar conta de tudo, de todos. Gritava-se, chorava-se, corria-se. Levei minha inesperada companheira para o tombadilho. Logo tudo ia se esclarecer, procurei apaziguá-la. Mas eu mesmo não atinava com o que pudesse dar sentido ao que estava acontecendo.

Passaram aviões por perto que pareciam estar observando nosso navio. Circulavam notícias de que estavam sendo enviados novos helicópteros com técnicos e rebocadores para qualquer emergência.

Às três da tarde uma leve aragem começou a encrespar o mar. Algo estava mudando na paisagem e, como por encanto, parecia dar novo alento àqueles pseudonáufragos que éramos. Com o vento, agora mais forte, tinha-se a impressão de que o navio estava sendo ligeiramente empurrado, algo quase imperceptível, mas sensível.

Foi quando aconteceu o inesperado. Acenderam-se as luzes, começou-se a ouvir o ronco dos motores e, nota suprema, ouviu-se dos alto-falantes a voz do comandante que pedia desculpas aos senhores passageiros pelo contratempo ocorrido, em razão de dificuldades técnicas que haviam sido superadas, e convidava a todos a retomarem seus prazeres habituais, anunciando que uma copa de champanhe seria servida dentro de meia hora a todos os presentes.

Não sei se foi maior a perplexidade ou a alegria. Estávamos todos aliviados, mas ansiosos por uma explicação mais atenta do que havia ocorrido. Ficamos sem ela. Passados uns quinze minutos vimos aparecer no convés, com idêntica precipitação à que haviam demonstrado ao chegarem a bordo, os mesmos homens armados que haviam investido a torre de comando um par de horas antes. Atravessaram rapidamente por entre a multidão, novamente silenciosos, sem darem atenção às perguntas que lhes eram dirigidas. Embarcaram no helicóptero e zarparam na direção de onde haviam vindo. Logo surgiram os embaixadores, com olhares mais atônitos do que os dos passageiros. Vi que tartamudeavam respostas às indagações que lhes faziam, respostas que pareciam deixar pouco satisfeitos os que as endereçavam. Descobri-me ansioso por ver aparecer meu herói particular. Esperei de longe, esperamos, devia dizer, pois não me largava o braço a temerosa Célia, que assim se chamava minha companheira. Não tardou ele a buscar-me. Estava pálido e nervoso, desconfortável na apoteose de atenções que despertava, e procurar-me pareceu-lhe, a ele e a mim, a coisa mais natural a fazer. Levou-nos para longe dizendo a todos que ao líder do grupo havia sido delegada a tarefa de explicar o resultado da missão que aos três havia sido confiada. Por instantes um silêncio embaraçoso instalou-se entre nós. Percebi que ele queria dizer-me algo, mas sentia-se incomodado com a presença de Célia. Com um gesto de cabeça consultou-me sobre quem era aquela desconhecida que agora lhe aparecia com evidentes sinais de acesso a minha intimidade. Tranqüilizei-o como pude com outro gesto afirmativo e sua vontade de desabafar venceu-lhe a inibição precavida.

Na verdade, disse, não havia explicação técnica ou de qualquer outra forma razoável para o fenômeno que havíamos vivido. De nada se recordava do que havia passado desde o momento em que entrara na sala de comando até a súbita retomada dos sentidos, que verificou haver sido simultânea com todos os que estavam presentes na torre, havia poucos minutos. Nem o comandante, nem o imediato, ou o comissário, ou os que pareciam ser militares do grupo que investira o navio, ninguém tinha qualquer recordação do que se passara entre sua entrada na torre e o despertar coletivo. Para não alarmar os passageiros, sugeriu o comandante que, uma vez recuperados todos no exercício da razão e dos sentidos, fosse-lhes dada apenas a informação indefinida de que tinha havido um problema técnico logo resolvido a contento, solução que reconhecia insatisfatória, mas que não agravaria a inquietação geral mais do que dizer, simplesmente, que não se sabia o que havia ocorrido.

Nosso informante disse haver aceito participar do conluio tranqüilizador, mas que, pessoalmente, tinha sua teoria para explicar o fenômeno. Esperávamos ansiosos o que teria a dizer. A mim não surpreendia que ele tivesse uma teoria a respeito. Nas nossas conversas nos dias anteriores já me havia acostumado a receber dele verdadeiras aulas magistrais sobre fenômenos parapsicológicos, teorias esotéricas e acontecimentos extranaturais. Percebi que o que pretendia contar-nos era uma descoberta personalíssima e de importância transcendental. Quase uma revelação, diria, a julgar pelo tom grave e seriedade profunda com que pesou cada palavra. Perguntou-nos se já tínhamos ouvido falar dos misteriosos episódios que por decênios haviam ocorrido no mar do Caribe, numa área que ficou conhecida, à época, como o triângulo das Bermudas. Célia nada sabia sobre o assunto, mas eu me recordava, bastante bem, de notícias sobre misteriosos desaparecimentos de navios e de aviões nessa área, e até do caso de desaparecimento de tripulações inteiras de barcos encontrados vagando sem qualquer sinal de sinistro ou violência.

Pois para o nosso companheiro de viagem havíamos sido vítimas do mesmo fenômeno responsável por tantas tragédias inexplicáveis ao longo dos séculos passados. E havíamos tido a sorte única de sobreviver a tão infausto evento.

Foi fácil ver que nosso amigo não improvisava sua teoria, pois antes mesmo que eu observasse não estarmos navegando dentro da área do famoso triângulo, muitas centenas de milhas ao norte de onde estávamos, antecipou-se a destruir meu argumento com a observação sibilina de que o chamado triângulo das Bermudas era apenas o mais notório espaço onde episódios semelhantes têm ocorrido, talvez aquele onde tenha sido maior o seu número, e, seguramente, mais dramáticos os resultados. A própria delimitação do perímetro do triângulo era controvertida, muitos estudiosos preferindo falar de uma elipse que abrangeria além do espaço entre a Flórida, Porto Rico e Bermudas, todo o mar do Caribe. Ora, o ocorrido com o *Luz Del Caribe* se inseria perfeitamente no quadro sintomático dos casos anteriores. O que faltava antes, e faltava ainda, era uma descrição do fenômeno porque dos misteriosos acontecimentos nunca houvera sobreviventes, e, por conseguinte, faltavam elementos suficientes para qualquer tentativa de explicação. A descrição agora se tornara possível, uma vez que pela primeira vez o fenômeno se havia processado diante de centenas de testemunhas que o sobreviveram. Faltava dar-lhe uma explicação verossímil. Reconhecia, com espírito científico, que o episódio por ele vivido podia não corresponder a um modelo único dos fenômenos até agora não explicados. Mas, tendo sido um caso observável e observado, poderia fornecer elementos para uma hipótese teórica. A teoria que se permitia avançar era a de que, por motivos ainda não analisados pela ciência, ocorria, esporadicamente, em certas áreas do globo, e mais freqüentemente naquela coberta pelo mar do Caribe e parte do oceano Atlântico adjacente, uma extrema concentração de forças físicas em um ponto determinado da superfície capaz de paralisar os sentidos humanos e alterar o funcionamento de equipamentos que pudessem ocupar naquele instante o espaço onde tais forças se concentrassem. Essas forças poderiam ser ou não aquelas que já haviam sido identificadas como passíveis de ocorrer nas chamadas zonas de anomalias geomagnéticas. Isso explicaria a falta de reação, por exemplo, das tripulações de aeronaves ou barcos que ingressassem nesse campo de força, e a conseqüente destruição dos veículos transportadores, desgovernados e subitamente privados de seus mecanismos propulsores. No caso do *Luz Del Caribe*, essa extrema concentração se produziu numa área perfeitamente delimitada e reduzida que coincidiu ser a torre de comando do navio. Nela se encontrava, no momento em que o fenômeno se produziu, apenas o comandante. Todos os que posteriormente ali penetraram sofreram o mesmo efeito. Quando, mais tarde, o navio começou a se deslocar de sua posição estacionária, por força do vento, saindo, assim, gradativamente, do campo de força inibitória, tudo voltou ao normal.

A teoria de meu amigo era boa, a melhor que poderia ser encontrada nas circunstâncias. Não tive a coragem de solicitar-lhe apenas mais uma explicação. Admitindo-se que tudo se tivesse procedido como havia imaginado, como explicar que o campo de força no qual a anomalia se havia instalado, e que se situava num espaço delimitado do navio, a torre de comando, sobre esse espaço, permanecesse estacionária quando, após a parada dos motores o navio continuou a deslocar-se, por força da inércia, pelo menos por mais algumas centenas de metros. Nesse caso, para explicar que as pessoas que subseqüentemente entraram na torre sofressem as mesmas conseqüências que haviam acometido o comandante de cessação de suas faculdades mentais e de seus sentidos teria sido necessário que a tal anomalia geomagnética, ou o que fosse, tivesse acompanhado a torre de comando da mesma forma como, num teatro, os holofotes acompanham uma bailarina que se desloca em piruetas pelo palco. Deixei meu companheiro com sua teoria. Ela o iria acompanhar por toda a vida, pois até o final de seus dias, estou certo, ele recontaria o episódio extraordinário de que havia sido protagonista, reconfirmando, assim, sua confiança irrestrita na presciência dos horóscopos.

Eu, por mim, continuo a não ler e a não acreditar nos horóscopos, mesmo quando, pelo menos uma vez na vida, um deles me foi fiel. Aquela sexta-feira não mudou apenas a vida de Rafael — assim se chamava o meu inesgotável hermeneuta bíblico e escrutador de profecias — mas também a minha. E ao *Luz Del Caribe* devo reconhecido a companhia de Célia, que, sem trocadilho, tem sido e é hoje a luz de minha vida.

Vegetal

Antigamente você poderia ver-se transformado em árvore ou fonte. De uns tempos para cá, em barata ou rinoceronte. Eu me vi transformado em vegetal, vegetal puro, assim, vegetal, sem nome próprio, descrição botânica, gosto ou cheiro. Vegetal. É a palavra que mais ouço desde o acidente que me tirou os movimentos e me plantou nesta cama de onde, ocasionalmente, sou transferido para uma cadeira de rodas e tenho que ficar amarrado para não cair. "Ele está assim, nesse estado de completa letargia. Um verdadeiro vegetal. Seu olhar é indiferente, parado, como se nada focasse, e não tem qualquer reação mecânica. A gente não sabe se ele tem alguma consciência." Tenho, sim, mas como dizê-lo, como fazê-lo saber? No começo, às indagações aflitas que me fazia Milena, meu desespero era tal que não sei como não podia ser percebido por alguma coisa no meu olhar, alguma crispação na minha mão, mas nada ocorria que eu sentisse ou que percebesse haver transmitido. Pensava, às vezes, que bom seria se eu pudesse chorar, se alguma lágrima pudesse comunicar a Milena que eu a estava ouvindo, mas secos continuavam os meus olhos e, de uma aflição que me corroia a alma, os olhos de Milena fixados em mim. Segurava minhas mãos que apertava contra os lábios, eu o via, mas nada sentia. Era como se estivesse vendo ocorrer algo que nada tinha a ver comigo, com o meu corpo insensibilizado para outra coisa que não fosse o desconforto interno causado por uma posição incômoda ou prolongada em excesso.

Fazia planos, sim, tinha que ocupar as longuíssimas horas de vigília entre as visitas da enfermeira para alimentar-me ou cuidar do meu asseio, ou entre as que me fazia Milena, meus familiares e amigos, a princípio com uma freqüência que me importunava, pois me julgavam sempre disponível para dar-lhes o espetáculo da minha inutilidade nas ocasiões em que não tinham nada melhor que fazer. As crianças apenas me olhavam, medrosas ou constrangidas, obviamente obrigadas pela mãe a prestarem a obrigação filial de revelarem que eu não havia perdido o interesse para elas. Na verdade, se no princípio eu esperava que viessem ao meu quarto, logo me desacostumei de desejar suas visitas que me causavam mais mal do que bem. Estavam sempre tão pouco à vontade em minha presença, tão ansiosas pelo gesto maternal que as dispensasse do desperdício de tempo que representavam os minutos que me dedicavam, que eu preferia não ter que encarar aquela demonstração do estorvo que minha imóvel presença significava para elas. Para elas e para todos os demais, para Milena inclusive, todos aqueles que genuinamente sofriam com ver-me no estado em que me encontrava. Bastasse ter a certeza de que teria pela frente um par de horas de absoluto sossego e acionava a máquina de meus pensamentos imaginando o dia e o momento em que, por um milagre da ciência ou divino, eu começasse a retomar o uso da fala, quem sabe, ou os movimentos das mãos, talvez levantar-me, dar alguns passos, poder comer sozinho, ir ao banheiro sozinho, ler, quem sabe, escrever, talvez. E imaginava as histórias que iria escrever. Talvez pudesse, com algum esforço, escrever num computador. Havia exemplos disso em pessoas que, como eu agora, haviam estado em graus extremos de deficiência física. Tais pensamentos podiam, ocasionalmente, trazer-me uma grande tranqüilidade, às vezes mesmo alegria.

Cansei-me com o tempo de repetir os mesmos cenários de recuperação e aos estados de euforia que rareavam sucederam-se, monotonamente, sentimentos de prolongada depressão. A falta de provocações externas, de renovação de notícias, por mais insignificantes que fossem, do que se passava no resto da casa, na rua, na cidade, no país, no mundo, embotava-me o cérebro e comecei a temer um embrutecimento que me despersonalizasse por completo. Se Milena se aproximava, procurava pensar intensamente esperando de alguma forma transmitir-lhe os meus desejos, as minhas carências, mas era um muro transparente o que separava do dela o meu olhar e ela não escutava nem via meu lancinante apelo. Se ela pudesse, como no começo, segurar minhas mãos e olhando-me nos olhos contar episódios, mesmo os mais insignificantes, da vida dos meninos, falar dos casamentos, das separações dos amigos, informar sobre se os abacates do sítio estavam maduros, se a infiltração no terraço havia sido consertada, quanto isso teria representado para mim!

Um dia alguém que me visitava perguntou a Milena se uma televisão não me faria bem, seria uma maneira de distrair-me. Senti agitar-me o coração. Eu que nunca tivera o menor interesse por televisão, que a todos vivia a importunar com os comentários impertinentes com que reclamava por vê-los presos aos monitores permanentemente acesos em cada cômodo, por uns instantes pensei com ansiedade que a sugestão seria bem ouvida e para meu uso pudessem dedicar algum dos aparelhos que infestavam a casa. Mas Milena foi peremptória. Não, pelo contrário. Provavelmente só iria me fazer mal, da maneira como eu sempre criticava os meninos, e mesmo a ela, por se interessarem pelos programas que eu achava idiotizantes da televisão. E assim continuei entregue à rotina de minha imaginação cada vez menos versátil.

Temia, realmente, embrutecer-me. Percebia que amiudavam-se os momentos em que sentia como se os meus pensamentos se apagassem. Quando recobrava a consciência não sabia distinguir se tais lapsos correspondiam a um debilitamento da minha capacidade de concentração ou se me acometiam sonolências decorrentes da minha própria inatividade. Pensei nos tantos livros que aguardavam nas estantes a solicitude que houvera sido só minha. A quantos gostaria de rever, a quantos ainda não lidos gostaria agora de conhecer. Como a ninguém pode ter vindo a lembrança de dedicar-me alguns momentos de leitura em voz alta? Mas dava-me conta de que tampouco isso poderia vir a ocorrer. Não se lê para um vegetal. Houve uma época em que as pessoas, nos Estados Unidos, falavam às hortaliças, às plantas, às flores. Marjorie falava com os tomates de sua horta. E eles cresciam mais do que os que viviam em silêncio. Mas nunca soube de alguém que lesse Proust para as alfaces ou recitasse Camões para as berinjelas. Pensando bem, deixar a outros a escolha do que me pudessem vir a ler não seria demasiado aventuroso? De qualquer forma, a hipótese da sessão de leituras parecia excluída de vez. Nunca foi aventada na minha frente.

Decidi encontrar dentro de mim mesmo os recursos para manter alerta minha capacidade intelectual. Estabeleci-me uma programação rigorosa de trabalhos mentais, exercícios de memorização, jogos com palavras, anagramas, palíndromos, sonetos. Logo cansei. Minha imaginação era limitada e via reaparecerem as mesmas construções que, carentes de inovação, tornavam sensabor o que devera ser um artefato de prazer. Necessitava de algo que não regressasse sempre ao ponto de partida, algo que pudesse ir sendo criado de forma orgânica, evolutiva, crescente. Retomei uma idéia antiga, um desafio que nos havíamos proposto, um grupo de amigos, nos tempos longínquos da adolescência: reinventar a filosofia. Nada pretensioso, simplesmente o desafio de tentar chegar a uma epistemologia, ou a uma ética, quem sabe a uma estética, a partir dos simples dados do raciocínio, sem recurso ao acumulado conhecimento histórico. Quando assim nos propusemos fazer, dificilmente teríamos evitado recorrer às fontes disponíveis do conhecimento herdado. Agora eu tinha a chance de tentar a experiência num estado de absoluta impossibilidade de conferir os resultados da minha reflexão com o acervo cultural disponível. Não sei quantos meses dediquei a essa tarefa que de tal modo se impôs à minha consciência que não me recordo de ter pensado noutra coisa, em estado de vigília, que não fosse a construção de minha teoria do conhecimento, primeiro, e de minha ética do desespero depois.

Não creio que com meus esforços eu tenha chegado a produzir qualquer contribuição transcendental e o fato de minhas conclusões não poderem projetar-se para fora de meu cérebro selado ao mundo exterior não deve ter representado perda sensível para a humanidade. Mas a mim me serviram, e muito, sobretudo porque me permitiram levar a extremos, com base em experiência real, certos princípios filosóficos particularmente no domínio da ética. Por exemplo, determinar a amplitude da lei moral num estado de absoluto solipsismo como aquele em que eu me encontrava. Embora de há muito afastado das práticas religiosas, não podia, por exemplo, desfazer-me de uma filosofia da culpa que me havia sido induzida por uma década freqüentando um colégio jesuíta. E veio em momento oportuno a minha reflexão a esse respeito, pois foi exatamente quando eu procurava arquitetar meus comentários a respeito do impulso para o mal e do sentimento de culpa que Milena me trouxe a mais adequada motivação para testar minhas próprias conclusões a respeito.

Já havia percebido que minha mulher ora parecia afetar um cuidado mais explícito por mostrar-se carinhosa quando falava comigo, ora parecia nervosa e impaciente, como se desejasse abreviar o que não passava de uma obrigação que se tornava cada vez mais importuna. Outros interesses pareciam estar sendo preteridos para que ela pudesse atender-me e isso a irritava e culpabilizava. Um dia pareceu-me ver na soleira da porta um homem que a observava enquanto ela me acomodava na cadeira de rodas e me fazia tomar um pouco de água. Nessa noite, Milena entrou no quarto decidida, fazendo-se acompanhar da pessoa que eu já havia entrevisto dias antes. Este aqui é o Alberto, apresentou-me, um amigo que tem me ajudado muito com os meninos. Os filhos dele estão na mesma escola que os nossos. Alberto podia saber todo o necessário para lidar com crianças, mas, certamente, não tinha a menor idéia do que dizer a um vegetal. Tocou-me o ombro, em silêncio, querendo provavelmente expressar com esse gesto alguma simpatia. Felizmente sua mão em meu ombro nada me dizia porque eu não a sentia. Quis logo retirar-se e foi de mãos dadas com Milena que vi os dois afastarem-se para a sala. Devo dizer que a partir desse momento cessei por completo meu esforço de reconstituir uma ética solipsista.

O tempo passou. Não sei contar os dias. Não tenho como armazenar na memória a sucessão das semanas, dos meses, dos anos. Sei que são anos porque meu filho já não mora em casa e minha filha tem um namorado que às vezes me espreita da porta. Quando de seu mundo me ausentei, ainda tinha a cama cheia de bonecas. Helena, não sei. Passa dias sem aparecer. Certa vez passou o que me pareceu ser semanas sem vir me ver. Disse-me que ia viajar em negócios. Não sei os negócios que tem. Alberto nunca mais o vi. Freqüentou a casa algum tempo. Ouvia sua voz na sala ao lado. Cansou-se de Milena, talvez, ou melhor, de mim. Posso entendê-lo. E às vezes tenho pena de Milena. Vejo que envelhece e não é justo que perca sua vida porque eu perdi a minha. Não tenho como dizer-lhe isso. Nem tenho como impedir que passe o resto de seus anos amarrada ao meu cadáver vivo.

O violinista

Vocês certamente já ouviram dizer que a um cantor é possível, de repente, "quebrar" a voz. Já vi isso ocorrer e é a coisa mais terrível que pode acontecer a um artista. Ele jamais se recuperará e permanecerá para sempre inutilizado para reapresentar-se em público, não só porque ele próprio perderá a confiança na estabilidade de sua voz, como porque, o circuito em que exercemos nossas profissões sendo um verdadeiro complexo de vasos comunicantes, por mais obscuro que tenha sido o teatro ou a sala de concertos onde o fenômeno possa ter ocorrido, ele será conhecido em todos os confins e nenhum empresário quererá correr o risco de contratar um artista com o qual isso tenha acontecido.

O fenômeno é raro e não se pode tirar conclusões gerais sobre suas causas ou sobre suas probabilidades de ocorrência em termos estatísticos ou mesmo se considerado um artista particular. Não existe o que se poderia chamar de uma sintomatologia capaz de acautelá-lo. O mais que se pode dizer, no caso de um artista da voz, é que ele deve estar alerta e sensível aos inevitáveis efeitos da idade sobre as capacidades de seu instrumento e cabe a ele ajustar o repertório e mesmo a freqüência das apresentações às condições físicas em que se vá encontrando à medida que os anos avançam. Nem sempre os artistas têm a sensibilidade para isso. Ou a coragem de aceitar o efeito do tempo sobre suas habilitações. Isso pode afetar a qualquer um. Alguns serão mais forçados a reconhecer suas progressivas limitações. Tal é o caso do bailarino. Homem ou mulher, mas, talvez, por imposição do repertório, mais a mulher do que o homem, tem o bailarino que reconhecer o momento em que deve abandonar a cena antes de tornar-se objeto de derrisão ou compaixão. Mas o mesmo pode ocorrer com o pianista ou o violinista ou qualquer instrumentista, embora de forma menos esteticamente dramática do que ocorre com o cantor ou o bailarino.

O caso do cantor que "quebra" a voz nada tem a ver, porém, com esses a que acabo de me referir. O fato pode ocorrer mesmo quando o artista esteja no esplendor de sua forma e não está ligado, necessariamente, a uma decadência orgânica.

O que eu vi ocorrer, no entanto, não se enquadra em nenhuma das hipóteses acima delineadas. A bem falar, nada tem a ver, propriamente, com uma "quebra". Foi algo que, parecendo tal, e tendo idênticas conseqüências, não encontra ponto comum com qualquer imaginável explicação para uma "quebra" de voz.

Não foi com uma voz. Foi com os dedos. Os dedos de um violinista.

De nada serve nomeá-lo. Conheci-o pobre, provinciano, humilde e sei do imenso esforço que foi para ele, e para a família, sua preparação musical. Era um desses gênios precoces para os quais as dificuldades técnicas do instrumento pareciam não existir. De ouvir o pai, violinista da orquestra local, preparar-se para os concertos, captava as melodias e as sutilezas do instrumento e punha-se a reproduzir, com naturais impropriedades, mas com enorme facilidade, trechos inteiros do que escutava. Isso levou o pai a dar-lhe um violino e a ensinar-lhe seriamente a tocá-lo e, em pouco tempo, o aluno tocava melhor do que o professor. Prepará-lo para tornar-se um profissional passou a ser a ambição da família e nisso esforço algum foi poupado.

Não preciso dizer das dificuldades que defrontam o estudante pobre e talentoso que queira aperfeiçoar-se no seu instrumento numa cidade pequena. Digo pequena, mas nem sei se mesmo numa cidade grande não seria pior. Haveria melhores escolas, professores apropriados, mas onde encontrar o respaldo financeiro para poder dedicar-se ao instrumento para quem não dispõe do mínimo para sua própria subsistência?

Foi, pois, um puro golpe de sorte o que permitiu a Marcelo (chamemo-lo, assim, para dar-lhe um nome qualquer) ser ouvido por um diplomata estrangeiro que, encantado com o que lhe parecia a descoberta de um extraordinário artista em potencial, ofereceu-lhe a chance de viajar para a Europa como se fosse um seu serviçal, prometendo ajudá-lo a buscar contatos que o auxiliassem quando chegassem ao seu país. E assim Marcelo viu-se na Alemanha Oriental onde terminou seus estudos e se aperfeiçoou com professores renomados.

Sentindo-se preparado, e já tendo mesmo se apresentado como concertista em algumas cidades do circuito secundário da RDA, Marcelo utilizou a oportunidade que teve de acompanhar a orquestra do conservatório em turnê pela Europa ocidental para asilar-se na França. Tudo lhe foi difícil no começo. Recorreu ao inevitável expediente de tocar nas ruas e nas estações de metro, onde acabou por ser conhecido e atrair a atenção de um mecenas remediado mas sincero, que o acolheu em seu apartamento enquanto procurava interessar amigos em ajudar o rapaz. Um contrato para tocar na orquestra de um teatro de variedades e alguns alunos particulares permitiram-lhe dispensar a hospitalidade do modesto protetor. Em alguns meses sentiu-se em condição de aumentar suas apostas. Surgiu-lhe a oportunidade para dar um concerto em Antuérpia, substituindo um violinista que se adoentara às vésperas do recital, e a boa crítica que teve abriu-lhe o caminho para outras apresentações. Finalmente parecia ter chegado ao início da estrada aberta na qual poderia exibir o seu talento. Para isso, porém, faltava-lhe, ainda, algo essencial: um bom violino, a mais desesperada ambição e frustração de qualquer concertista aspirante.

Foi nessa ocasião que, ao levar o arco de seu violino para ser reparado por um obscuro luthier no fim de um impasse pelos lados de Montmartre, com ele encontrou à venda, exposto numa prateleira, um violino que lhe chamou a atenção. Pediu para vê-lo. Era um Giuseppe Fiorini, datado de 1908. Experimentou tocá-lo e sentiu-se outro homem. Nunca havia ouvido sair de seu corpo, através de um violino, sons tão perfeitos. Quase não queria parar de tocar. Sabia que depois daquela experiência seu próprio violino lhe iria parecer ainda mais insuficiente, inadequado, pobre, pedestre. Não tinha coragem de perguntar o preço. Qualquer que fosse, para seu modesto orçamento seria inalcançável.

— Que lhe parece? Não é um belo instrumento?

— Magnífico. Já está com o senhor há muito tempo?

— Toda a minha vida.

— É seu?

— Sim.

— E não está à venda?

— Está.

— Então o senhor deve estar pedindo por ele um preço exorbitante, pois não vejo como um instrumento com essa sonoridade ainda não tenha sido percebido e procurado.

— Na verdade não peço caro. Mas, como tenho uma história pessoal de grande significação para mim a respeito desse violino, conto-a a todos os que aqui aparecem para comprá-lo e logo desistem de fazê-lo.

Vocês podem imaginar a minha curiosidade depois dessas palavras. Pedi que me pusesse ao par do que se havia passado, insinuando que teria eu próprio interesse em adquirir o instrumento.

A história contada não podia ser mais inverossímil. Tivera sido ele próprio um violinista de mérito. Pessoa de fortuna pessoal, não havia encontrado problemas para ter os melhores professores, freqüentar os mais famosos conservatórios e adquirir os mais caros instrumentos. Nunca fora um concertista profissional, mas, graças à sua reputação de excelente violinista e aos bons contatos que tinha, costumava exibir-se em certos grupos fechados de apreciadores de música. Foi numa das viagens que fez a Budapeste que soube ter um violinista húngaro um violino de excelente qualidade à venda. E de fato, como você vê, não estavam me enganando, disse o luthier. Era esse violino que você tem nas mãos. O húngaro tinha um ar melancólico e, ao mesmo tempo que dizia estar vendendo seu instrumento, parecia esperar que eu não o comprasse e olhava para o violino em minhas mãos, ora com um ar de ternura, ora com um franzido na boca que mais parecia indicar rancor. Não quis perguntar-lhe por que se desfazia de tão bela peça, pois imaginava que pudesse ser para sanar dificuldades financeiras, nada surpreendentes na Hungria da época. Acertamos o preço, entreguei-lhe um cheque e tomei o instrumento para regressar ao hotel. Perguntei-lhe, para aliviar a tensão em que parecia estar, se queria se despedir do violino e ia abrir a caixa para pô-lo em suas mãos quando ele me reteve, quase bruscamente e disse "não". Acompanhou-me até a porta e ainda vejo sua figura macilenta e triste, no robe de chambre de seda violeta, um tanto surrado, olhando-me nos olhos e dizendo:

— Uma coisa. Nunca toque a *Tzigane* de Ravel nesse violino.

E fechou a porta.

O luthier parou sua narrativa. Segurou o violino, olhou-o atentamente, levantou-o contra a luz, e continuou:

— O senhor está querendo comprar esse violino. Eu posso lhe vender. Mas eu teria que dizer ao senhor a mesma coisa que me disse seu antigo proprietário. Nunca toque a *Tzigane* de Ravel nesse violino.

— E o senhor pode me dizer por quê?

— Essa foi a primeira pergunta que eu fiz aos meus amigos húngaros depois que lhes mostrei orgulhoso a minha aquisição. Contaram-me, então, que o violinista que me vendera o Fiorini havia sido um dos grandes nomes do mundo musical de Budapeste em anos anteriores. Chamava-se Szabo e abandonara sua brilhante carreira depois de um incidente com ele ocorrido no Vigado Concert Hall. Dotado de uma bela musicalidade, mas, sobretudo, de uma grande mestria técnica, gostava de executar em seus concertos as peças de maior exigência do repertório, especializando-se nos *Caprichos* de Paganini e outras obras exigentes do repertório violinístico. Um de seus golpes de efeito era dar como bis a *Tzigane*, cujo pizzicato da mão esquerda executava com perfeição. Uma noite, porém, na hora do pizzicato, seus dedos se enrijeceram e ele não pôde continuar a peça, tendo tido que retirar-se do palco. Depois desse incidente Szabo nunca mais tocou e afastou-se completamente da vida social.

— Mas o senhor não acreditou que houvesse qualquer maldição com o violino!

— Claro que não. Mas me inventava desculpas para não tocar a *Tzigane*. Passei mesmo a pretextar uma certa incompatibilidade com Ravel, pois até sua música de câmara me causava um certo mal-estar. Eu tinha especial prazer em tocar com amigos o *Trio* em dó menor. Passei a evitá-los para impedir que me pedissem para tocar com eles. Certo dia, porém, depois de um recital privado, na casa dos barões de Soissons, quando fui muito aplaudido, a baronesa me pediu para tocar a *Tzigane* que ela me havia ouvido interpretar alguns meses antes. Tomado um pouco de surpresa, mas embalado pelos aplausos, atendi ao pedido. À medida que me aproximava do pizzicato comecei a suar frio e, fosse pelo pânico que vi apossar-se de mim, fosse pela força de alguma maldição secreta, no momento de iniciá-lo meus dedos se encresparam e eu senti como se fosse desfalecer. Fui logo acudido e dispensado de continuar. Fizeram-me sentar, tomar um copo de água, e para não contaminar com o espetáculo de meu abatimento a alegria da reunião, o barão me levou discretamente para a biblioteca de onde, assim que me senti restabelecido, me despedi e voltei para casa, decidido a nunca mais tocar. Para matar a saudade do violino, fiz-me luthier e aqui vivo entre os instrumentos dos outros que uma vez ou outra, no entanto, toco dando-me a justificativa de verificar o resultado dos reparos que faço. Só não toco o meu Fiorini e se a minha história conto a todos os que o vêm comprar é talvez na esperança de que desistam de fazê-lo e o deixem continuar silencioso na estante, olhando para mim. É quase como uma vingança da minha parte. Ele me impediu de tocar. Eu o impeço de ser ouvido.

O que fariam vocês no caso de Marcelo?

Bem, a essa altura vocês já devem estar desconfiando, ou até já sabem que Marcelo sou eu. Descobri-me revelando isso ainda há pouco quando vi que ao narrar a história do luthier eu, sem me dar conta, havia começado a usar a primeira pessoa quando devia estar falando de Marcelo. Vocês desculpem, por favor, essa desajeitada artimanha de minha parte em querer ocultar-me sob um disfarce tão aparente.

Pois comprei o violino. O luthier me fez um preço abordável e me deixou pagar em parcelas generosas e espaçadas.

Pensava, a princípio, que não me deixaria influenciar pela história de Szabo e do luthier. No caso de Szabo não sei o que terá causado sua paralisia repentina. Talvez algum problema orgânico, pois ele já não era moço e, ao que me disseram, era sujeito a ter problemas de comportamento de base neurológica. Mas o luthier parecia uma pessoa saudável e era ainda relativamente jovem. Digo, não devia ter muito mais do que uns cinqüenta anos. Notei, porém que, apesar de todas as minhas racionalizações, eu não me atrevia a tocar a *Tzigane* no meu novo violino. Passaram-se meses, anos. Muitas vezes me vi sentado frente ao violino, colocado fora da caixa sobre a mesa da sala, olhando-o pensativo durante minutos e perguntando-me a mim mesmo até quando eu persistiria no medo de enfrentar a maldição da peça, ou do instrumento. Um dia, num impulso, tomei do violino e decidi-me a testar o destino. Depois de tanto tempo sem executar a peça, pus a partitura na estante e comecei a tocar um pouco mais lentamente do que usualmente o fazia. Aos poucos a música foi tomando corpo e eu me incorporando no violinista que havia sido ao tempo em que, no meu velho violino, tocava-a com entusiasmo juvenil. Queria, transportando-me aos meus anos de juventude, esquecer que estava tocando no Fiorini, que era no meu antigo companheiro que eu tocava a peça interdita. E foi com toda confiança que abordei o temido pizzicato. Subitamente os meus dedos pararam e meu quarto ficou silencioso. Disse para mim mesmo: "não acredito. Isso simplesmente não existe. Não faz sentido". Exercitei os dedos. Mexiam-se livremente, com a flexibilidade natural. Retomei a peça a partir de alguns compassos anteriores, como que pegando impulso para atravessar o obstáculo. Novamente meus dedos se enrijeceram. Larguei o violino sobre a mesa e sentei-me perplexo e mesmo um pouco apavorado com o que aquilo podia significar para o meu futuro, a minha carreira. Passado um longo tempo levantei-me e fui buscar o meu velho violino, para o qual nem olhava desde que adquirira o Fiorini. Respirei fundo e recomecei a tocar a *Tzigane*. Sentia-me despossuído, degradado, ao voltar a escutar o som medíocre de meu modesto instrumento, daquele que acompanhara os meus anos de penúria e sofrimento. Quase quis parar e devolvê-lo ao seu féretro. Mas continuei. Queria agora enfrentar o mistério, aceitar o desafio. E minha excitação crescia à medida que me aproximava do fatídico momento. Este chegou sem que os meus dedos se imobilizassem. Ao contrário, fizeram o pizzicato com a facilidade que sempre me acompanhara e que era o motivo da mais bajulatória admiração dos que me ouviam. Toquei a peça até o fim e me olhei no espelho, iluminado e feliz. Não devolvi meu violino à sua velha caixa. Deixei-o sobre a mesa, ao lado do Fiorini. Era como se o humilde provinciano, o suburbano humilhado, que nunca conhecera as glórias do grande palco, tivesse recebido as honras de poder sentar-se ao lado do príncipe dos salões. Nele me vi, o menino que não tinha roupa para entrar na casa dos patrões de seu pai, mas seguro de si, honesto, limpo.

Continuei a usar o Fiorini nos meus recitais, mas nunca mais nele toquei a *Tzigane*. E faço questão de colocar lado a lado os meus dois violinos, fora de suas caixas, sempre que estou em casa.

O visitante

Chegou chamando-me pelo meu nome de guerra dos tempos de escola. Tinha visto no jornal que eu estava na cidade e resolveu fazer-me uma surpresa. Recebi-o no terraço da casa de meus pais, onde estava hospedado desde a véspera, ainda cheio de assuntos para conversar com eles e com minhas irmãs, depois de tantos anos passados na Europa. Vi quando saltou do ônibus, na parada do lado oposto da rua, bem em frente de casa, e caminhou resoluto em direção ao nosso portão, na verdade uma cancela baixa, que deixava ver-lhe o busto magro, a face esquálida, a roupa velha, a gravata torcida pendurada do colarinho entreaberto.

Não se apresentou. Falou como se eu o devesse ter reconhecido à primeira vista, não obstante os trinta anos passados, e demorou-se em evocar episódios em que figurávamos, ele e eu, ou ele e alguns de meus mais íntimos colegas da infância, que ele citava pelos nomes. Lembrou os padres que haviam sido nossos mestres. Deu notícias de alguns, dos que ainda eram vivos, dos que morreram, dos que haviam abandonado a batina. Falou dos colegas, quem casara, quem tinha subido na vida, quem desaparecera sem deixar rastros. De nenhum desses eu me lembrava, não sabia quem eram.

A conversa não tomava impulso, estancava a todo instante em prolongados silêncios. Só ele falava, pois eu não conseguia atinar com quem estava falando, quem era aquela misteriosa figura, um tanto quixotesca na sua magreza encardida, sobrando no paletó, nas calças, nas meias frouxas, nos sapatos cambados.

Por várias vezes procurei dar sinais de que já podíamos encerrar naquele ponto nosso reencontro, pois parecia óbvio que nada tínhamos a comunicar um ao outro. Nada o fazia levantar-se, despedir-se.

Mamãe chegou com um prato de bolo de rolo e um copo de guaraná durante uma das pausas que se tornavam cada vez mais inquietantes. O visitante tomou o prato maquinalmente, sem agradecer, pôs o copo na mesinha ao lado, e ficou longo tempo imóvel, com a cabeça baixa, olhando para o chão. Quando a ergueu vi que lhe escorriam lágrimas pela face. Meu embaraço não podia ser maior. O que fazer com aquele desconhecido que, sem mais nem menos, me aparecia na mais imprópria das circunstâncias, tomava o meu tempo, evocava intimidades das quais eu não tinha qualquer lembrança e, de repente, se punha a chorar em minha frente? Procurei desviar o olhar para que ele não se sentisse violado no sofrimento que seu rosto expressava, mas vi nos seus olhos que não era isso o que ele queria. O que buscava era, precisamente, tornar irrecusável para mim o estado de vexame e miséria em que se encontrava. Eu quase podia adivinhar o que ele estava pensando e, talvez, querendo transmitir. Tinha agora nos olhos algo de desespero e de raiva, de inveja, talvez, como se quisesse contrastar minha boa fortuna à sua miséria, eu, saudável, ostentando nas minhas roupas uma prosperidade da qual ele nunca chegara a se aproximar, viajado, famoso, para os seus termos de referência, rico, deve ter pensado, tudo o que o fazia sentir-se ainda mais diminuído, envergonhado, humilhado, desde que havia subido os degraus daquele terraço.

Começou a falar de sua vida, de como não pudera concluir os estudos por absoluta falta de recursos após a morte do pai, de como tivera que recorrer a empregos subalternos para ajudar a mãe a criar os irmãos, de como todos os seus anos haviam sido um interminável rosário de dificuldades, emendando os encargos que lhe pesavam para fazer face à sobrevivência da mãe e dos irmãos com os que lhe sucederam com a mulher e os filhos ainda dele dependentes. Chorava agora abertamente. Colocou o prato com o pedaço de bolo intocado junto do copo de guaraná e puxou de um lenço, que já não tinha cor de tanto usado, com o qual enxugou o rosto. Olhou-me fixamente e disse-me, afinal, a que tinha vindo. Queria que eu lhe desse dinheiro. Não era pouco. Devia meses de aluguel e estava ameaçado de ser despejado. Não tinha com que comprar comida para a família. Estava desempregado. Implorou-me que o tirasse daquele atoleiro. Deus me recompensaria, porque ele próprio nada podia fazer por mim, nada me prometer.

Não sou empedernido, mas tampouco sou perdulário. Olhei para aquele pobre diabo que eu continuava a não saber quem era. De suas conversas nada pude captar que comprovasse ter sido ele realmente colega meu de infância. Amigo certamente nunca. Só tivera dois, com os quais nunca deixei de me corresponder. Que tivéssemos sido contemporâneos no colégio era até possível, colegas de classe pouco provável. De boa ou má fé podia ter-se aproveitado da informação de que eu estava na terra para aplicar-me um conto do vigário. Não seria a primeira vez que me teriam achado com cara de otário. Da primeira vez caí sem remissão. Se estava de boa fé, porém, que responsabilidade tinha eu de assisti-lo? Tinha pena dele, imaginava o que poderia estar sofrendo, a humilhação que podia estar sendo para chegar a fazer aquele pedido. Ao mesmo tempo, irritava-me estar sendo acuado por aquele desconhecido que me fazia sentir-me culpado do que lhe pudesse acontecer com minha recusa em socorrê-lo. Não tinha o dinheiro que ele me pedia. Não tinha mesmo como obtê-lo onde me encontrava àquela hora da tarde, num lugar onde não havia banco ou casa de câmbio. A moeda estrangeira que trazia comigo era apenas o suficiente para despesas miúdas, já que nos três dias de minha permanência no Brasil eu estaria vivendo na casa de meus pais. Tive que negar o auxílio solicitado, e negá-lo mais de uma vez, pois voltava a chorar e a implorar, responsabilizando-me pelo que viesse a acontecer se eu não o atendesse naquele transe. Levantei-me e com determinação, mas delicadeza, procurei deixar claro que nossa entrevista estava terminada. Vi-o levantar-se indeciso, mal equilibrado nas longas pernas, e acompanhei-o até o portão. Não fiquei para vê-lo afastar-se até o ponto de ônibus.

Entrei exausto e moído moralmente para lavar as mãos e tomar um copo d'água. Foi quando ouvi o barulho de freio de um ônibus e o ruído surdo de uma batida. Um tenebroso pressentimento me fez apressar-me a ir ver o que havia ocorrido. Um ônibus atravessado na rua havia se chocado com um carro. Pessoas corriam para ver de perto o acidente. Uma vizinha de minha mãe olhava de longe e nos contou o que vira. Para desviar-se de um homem que descera a calçada cambaleante, o ônibus, sem conseguir evitar atropelá-lo, chocara-se com um carro que vinha na direção oposta. O homem morrera.

O chamado

Sempre que num lugar público vejo a multidão que caminha em várias direções, em filas que se cruzam nas esquinas ou se desdobram nas praças, penso nos milhares de destinos que carregam encapsulados aqueles seres que se ignoram mutuamente, tão perto um do outro, tocando-se às vezes, sem se darem conta de que em cada momento que um corpo roçou no outro ou dois olhares se encontraram, por mais fortuito e breve que tenha sido esse momento, duas vidas inteiras se comunicaram. E quantas vezes o destino não terá reaproximado alguns desses figurantes anônimos numa calçada, num ônibus, num cinema, sem que nenhum deles disso se aperceba. Ou então, fixando-me numa pessoa qualquer, ao acaso, procuro imaginar sua história, saber para onde vai agora, que pensamentos levará consigo, o que lhe estará esperando o resto do dia. E foi num desses momentos que, num impulso, tomei a decisão que mudou o curso de minha vida.

Sou caixeiro-viajante. Ou era. É uma profissão que ainda não encontrou seus últimos dias. Mudou de nome. Representante de vendas seria o mais perto hoje do que era em meu tempo a minha profissão. De qualquer forma, mais cedo ou mais tarde, com a Internet em cada loja, em cada casa, ninguém precisará mais viajar com mostruários para vender o que quer que seja. Digo que sou caixeiro-viajante porque não parei de viajar, mas o produto que eu vendo hoje é de outra natureza. Não vale a pena antecipar.

O fato é que me vi um dia numa cidade que eu não tinha antes visitado e foi da janela de meu quarto de hotel, contemplando, uma manhã cedo, o movimento da rua, que escolhi em meio à multidão uma mulher que, na esquina, esperava o sinal abrir para encaminhar-se para a praça. Era fácil distingui-la. Tinha os cabelos negros soltos sobre os ombros e vestia uma capa vermelha que se ajustava ao corpo, a única mancha de cor entre as centenas de pessoas com capas cinzentas ou impermeáveis pardos, no dia sem sol, sem sombras, úmido e triste. Não sei que força me impeliu. Disse para mim mesmo: É ela. Vou segui-la e descobrir o seu mistério. Já estava vestido para sair, de modo que, descendo pela escada, do segundo andar onde se encontrava o meu quarto, para não ter que esperar o elevador, pude alcançá-la no momento exato em que começava a atravessar a rua.

Segui-la não foi difícil. Bastava manter o olhar atento à mancha vermelha que ora submergia, ora flutuava na maré humana. Não me aproximava. O jogo exigia que ela não percebesse que estava sendo seguida. Todo o cuidado era pouco para atravessar as ruas em sincronia com os sinais de trânsito. Em nenhum momento, porém, ela deve ter notado minha presença colada aos seus movimentos, pois não virou a cabeça para o meu lado um só instante. Vi que se encaminhava para um edifício imponente duas ou três ruas depois da praça e temi que fosse aquele o destino de sua caminhada. Devia trabalhar em algum dos inúmeros escritórios que ali existiam e isso me faria perdê-la de vista. Aproximeime dela perigosamente para não deixar escapar qualquer sinal de seu destino. Se fosse para um escritório, por exemplo, eu poderia tomar nota da sala e esperar sua saída no fim do expediente comercial. Não tinha jeito de ser cliente ou visitante ocasional. Devia ser funcionária. Secretária, talvez. Chefe não era. Seus sapatos eram modestos e confortáveis. Suas meias eram grossas. Meias contra o frio.

Ao contrário do que eu temia, a grande abertura central na fachada do edifício não era uma porta, mas a entrada aberta de uma galeria comercial. Foi simples acompanhá-la. Continuava no mesmo passo ágil e sem hesitação, como se estivesse repetindo um trajeto rotineiro. A galeria era em forma de cruz, com dois corredores que, no ponto em que se cortavam, abriam-se num amplo losango com cafés em cada um dos cantos. A mulher de vermelho entrou em um deles e vi que pedia licença, no balcão, para usar o telefone da casa. Fiquei indeciso sobre o que fazer. Não podia ficar parado, em meio às mesas, à essa hora ainda em sua maior parte vazias, sem despertar a atenção de algum garçom que me viesse perguntar o que queria. Mais me desconcertou ainda ver que, enquanto ela falava no telefone, por duas vezes olhou para o meu lado como se estivesse comentando alguma coisa a meu respeito.

Pensei em abandonar a aventura antes que desembocasse em algum incidente grave. A mulher poderia estar dizendo a alguém que estava sendo seguida e pedindo proteção. Desviei-me de seu ângulo de visão e fui fingir que olhava a vitrine de uma livraria ao lado.

Passados dois ou três minutos, vi-a sair do café e dirigir-se para o meu lado. Pensei que viesse dizer-me alguma coisa, mas ela passou quase roçando em mim, sem me olhar, com naturalidade, e, no mesmo passo de antes, seguiu caminho em direção à saída que dava para outra rua, igualmente movimentada. A impassibilidade de suas feições arrefeceu meus receios. Não era possível que estivesse me denunciando se, com três caminhos para escolher, havia tomado precisamente aquele em que eu me encontrava, quase que me provocando pela maneira como passou a um palmo de onde eu estava. Retomei minha perseguição, mas agora com maior ousadia. Por vezes punha-me nos seus calcanhares. Tomou um ônibus. Tomei-o também. Não havia assentos vazios e ficamos em pé quase juntos. Não sei quanto tempo assim estivemos, a dois passos um do outro, fingindo cada um não perceber que estava sendo vigiado pelo outro.

O ônibus se afastava do Centro. Podia-se ver pelo aspecto das ruas, o tamanho dos prédios, a quantidade de carros. Também pela quantidade de passageiros que saltava, sem que novos subissem. Vagou um assento que minha presa ocupou. Pouco depois outro lugar surgiu dois bancos à frente do dela. Tive que ocupá-lo, a contragosto, pois não poderia, estando à frente, continuar a observá-la. Como a porta de saída era na parte de trás do ônibus, a cada nova parada eu tinha que virar-me para verificar se ela estava deixando o veículo. Com isso, nossos olhares se cruzaram algumas vezes. Ela me olhava nos olhos imperturbável, e quanto mais assim parecia tanto mais eu me sentia desconfortável. Afinal, agora já não era possível ela não saber que eu a estava seguindo. Quando o ônibus chegou ao terminal éramos só três passageiros a bordo.

O lugar era deserto, inóspito. Uma garagem decrépita com pneus na calçada e carros depenados num terreno baldio contíguo, algumas casas esparsas, um campo de futebol improvisado numa esplanada irregular que terminava num canal atravessado por uma ponte de pedestres.

A mulher de vermelho se encaminhou para a ponte. Segui-a desta vez descaradamente. Não podia entender porque ela não se virava para mim para interpelar-me. Estaria me levando para a armadilha preparada pelo telefonema? Eu olhava em volta espreitando a presença suspeita de algum homem que pudesse me estar tocaiando. Os espaços eram abertos e estavam vazios, ninguém, por enquanto, poderia estar à espreita.

Passada a ponte, uma rua de barro se abria para a esquerda. A rua era pequena e tinha apenas uma casa no final. A mulher dirigiu-se resolutamente para ela, seguida por mim, a esta altura completamente entregue ao impulso de acompanhá-la. Bateu de leve à porta que imediatamente se destrancou. Empurrou-a e voltando-se para mim fez sinal para que entrasse à sua frente. Entrei sem pensar. Já não era dono de minhas decisões. Sentia-me completamente entregue às forças que me haviam atraído para aquele lugar.

A casa era escura. Tinha todas as janelas fechadas. De uma porta entreaberta vinha a claridade de uma lâmpada acesa. A mulher de vermelho indicou-me com um gesto que eu devia avançar. Entrei. Tive dificuldade em perceber que havia alguém no recinto. Uma voz feminina, vinda de um canto da sala me atraiu o olhar. Era uma senhora muito branca, um tanto gorda, sentada numa enorme poltrona de veludo verde. Eu estava lhe esperando, disse-me estendendo a mão cheia de anéis. E virando-se para a mulher de vermelho que ficara à soleira da entrada: Pode ir, minha filha. Muito obrigada. Você fez um bom trabalho.

Eu disse no começo que ainda sou uma espécie de caixeiro-viajante, mas que minha mercadoria é diferente das que foram um dia. Hoje vendo a salvação eterna. Quis Deus, a quem muitos chamam, e eu chamava também, de Destino, que minha aparentemente perdulária mania de querer identificar numa multidão o destino que Suas criaturas carregavam fosse a chave para o meu encontro com Sua vontade e se servisse, para ensinar-me os Seus caminhos, daquela mulher estranha, que, não fosse a revelação que a ela me trouxe, eu teria tomado, em outros tempos, como uma vidente charlatã, na pele de alguma madame de uma pensão de mulheres. E foi através dela que fui escolhido, entre as milhares de pessoas que naquele dia fatídico e cinzento tiveram suas vidas fotografadas em conjunto, para continuar a sua obra redentora.

Não perdi a minha mania de querer descobrir na multidão anônima o destino de alguma pessoa individualizada. Faço-o hoje, porém, pela boa causa, para trazer algum desviado à seara do Senhor.

Não voltei a ver a mulher de vermelho e desconfio que ela não existisse. Foi, assim penso, apenas o veículo, para que a Palavra chegasse até a mim.

O passageiro

Considero-me uma pessoa razoavelmente equilibrada tanto do ponto de vista intelectual quanto emocional. Explico-me. Tenho uma cultura geral que pode ser considerada acima da média e que inclui a leitura de alguns filósofos racionalistas que muito marcaram minha maneira de encarar o mundo e seus chamados mistérios. Estes, para mim, não passam de verdades científicas ainda não descobertas. E não sou dado a acreditar em incursões do sobrenatural no nosso cotidiano. Aborrece-me, por exemplo, ouvir de pessoas que se consideram inteligentes o velho lugar comum: "No creo en las brujas, pero que las hay... etc." Nem me deixo perturbar por coincidências, ou pela sucessão de desastres caseiros que alguns amigos ou as empregadas domésticas afirmam ser o resultado de um "despacho" ou mau-olhado, para cuja reparação me recomendam buscar a intervenção de algum barbadinho. Assim, pude pensar em tudo, menos que estava sendo visitado por alguma aparição, ou vítima de alguma alucinação, no momento em que, a caminho de Juiz de Fora, dirigindo minha Pajero, vi pelo retrovisor um homem placidamente sentado no banco de trás do meu carro que eu sabia desocupado desde que o havia tirado da garagem.

Minha primeira reação foi virar-me para ele e perguntar-lhe o que estava fazendo ali. Mas eu ia a 120 quilômetros por hora, entre um caminhão que transportava um contêiner e um ônibus, este sim, alucinado. Tive que concentrar-me no volante até que clareasse o meu entorno. Isso me deu tempo para refletir. Podia ser um assaltante, estar carregando uma arma, a coisa mais plausível a quem se aventura a conduzir pelas estradas que saem do Rio de Janeiro, como ainda esta manhã li no jornal. Procurei aproveitar os intervalos em que não via perigo imediato de chocar-me com algum veículo para examinar o passageiro pelo retrovisor, com mais detenção. Tinha um ar circunspecto, respeitável. Era gordo e de pouca estatura. Devia estar pelos cinqüenta ou sessenta anos, anos prósperos, bem nutridos, logo se via. Os cabelos ralos se distribuíam pelos lados de um crânio calvo e lustroso. Usava óculos sem aros e tinha um bigode grisalho. Trajava um terno espinha de peixe cinza e trazia uma gravata preta, bem posta, sobre uma impecável camisa branca. Toda a aparência de um diretor de empresa, ou de um profissional liberal. Não podia ser um assaltante. Mais parecia estar se dirigindo a alguma reunião com um cliente ou a uma junta comercial. Não olhava para mim. Olhava para o nada. Teria errado de carro, sem dar-se conta?, pensei.

Senti que era difícil iniciar um diálogo que não fosse constrangedor para ambos. Constrangedor, de qualquer forma, pelo menos para mim, era o silêncio em que se mantinha o meu passageiro, o qual, além de tudo, parecia determinado a não deixar que nossos olhares se encontrassem.

No alto da serra, resolvi tentar o estratagema de parar numa estação de serviço para forçar algum tipo de comunicação com o estranho. Saí do carro e disse ao rapaz que me veio atender que completasse o tanque. Nas circunstâncias, pensei, o passageiro teria que dizer alguma coisa ao ver-me deixá-lo sozinho. Não se moveu. Comecei a perder a paciência e pensei em abrir-lhe a porta e perguntar diretamente o que fazia ali e o que queria comigo. Mas minha irritação era grande e temi ser grosseiro, impolido. Resolvi ganhar tempo indo tomar um café na loja de conveniência. Lá me alcançou o atendente com a nota de serviço para pagamento. Quando me virei para a porta de entrada pude ver que meu carro estava vazio. Perguntei ao rapaz para que lado havia se dirigido a pessoa que estava comigo. Não sabia. Não prestava atenção ao que faziam os clientes.

Meu primeiro impulso foi entrar no carro e disparar para a estrada antes que ele reaparecesse. Mas a curiosidade venceu a cautela e fui verificar se, por acaso, estava no banheiro ou mesmo na loja aonde podia ter me seguido sem que eu notasse. Não estava. Voltei para o carro aliviado e confuso. Livrara-me do confronto, mas não do mistério. Como pudera aquele senhor ter entrado no meu carro, percorrer cem quilômetros comigo, sem conhecer-me, sem me dar uma palavra, e desaparecer assim, sem explicação ou agradecimento?

Parei o carro, um pouco mais adiante, numa área de repouso e fumei um cigarro que vi tremer entre os meus dedos. Depois, com um palavrão entre os dentes, retomei a estrada decidido a não mais pensar no ocorrido. Na verdade, não conseguia pensar noutra coisa. Pensava, sobretudo, no que eu poderia dizer sobre aquela estranha experiência aos meus amigos. Achei melhor não dizer nada. Só poderiam receber com chacotas uma história tão inverossímil da boca de quem fazia profissão de nelas não acreditar.

Tudo poderia ter terminado aí, mas não foi assim que aconteceu.

Já havia passado a entrada de Petrópolis quando vi pelo retrovisor que o homenzinho reaparecera no meu carro. Mexia-se, dessa vez, olhando para baixo e alisando com a mão direita alguma coisa branca que tinha no colo. Confesso que gelei e, sem dar-me conta do que se passava à minha frente, quase entrei pela traseira de um caminhão. O homem tinha no colo um pavão branco que, a princípio, pensei estivesse morto. Não estava. Levantou a cabeça e parecia olhar para o dono. Dono, acho que devia ser. A essa altura convenci-me de que estava sofrendo alguma alucinação. Nada fazia sentido e tive medo, medo sério, pavor.

Subitamente vi que os carros na minha frente começaram a frear e a se acumularem na estrada. Parei, também, e logo me vi imobilizado pelos outros que me cercavam. As perguntas passavam de um motorista para outro sobre o que havia acontecido, mas a grossa fumaça negra e as labaredas que começaram a subir à nossa frente não deixavam dúvida sobre o que ocorrera. Uma dessas queimadas de agosto, que surgem rotineiramente nos terrenos desmatados à beira da estrada, onde cresce desimpedido o capim manteiga, levada pelo vento estendera suas chamas sobre o leito da estrada e algum imprudente que resolvera atravessar a barreira de fogo tivera o carro atingido e explodido. Como os demais motoristas, saí para ir ver de perto o que, em realidade, não tinha como ser visto, impedidos que estávamos pela fumaça e pelas chamas que não permitiam que nos aproximássemos.

Por uns instantes deixei de pensar no meu passageiro.

Quando voltei ao carro ele estava vazio e a porta de trás havia sido deixada aberta. Nenhum sinal restava, tampouco, do pavão, não fosse uma pena branca no assento. Bati a porta, sentei-me ao volante, reclinei o espaldar do banco e preparei-me para a longa espera que se anunciava fumando outro cigarro. Sentia-me exausto, como se houvesse caminhado léguas. Esvaziado da vontade de fazer o que quer que fosse. Pensava apenas no momento em que o homenzinho iria aparecer novamente para continuar meu pesadelo.

Passada uma meia hora os carros começaram a se movimentar. Eu cochilava. O motorista do que estava parado atrás de mim chegou-se à minha janela e informou que já podíamos religar os motores. O mais estranho, comentou, é que muitas pessoas viram um homem vestido com terno e gravata, entrar pela fumaça carregando um pavão branco em baixo do braço.

Acomodei-me na fila que se improvisava à maneira indiana para esgueirar-se entre a mureta e os restos do incêndio. Não obstante os gestos dos bombeiros para que apressássemos a passagem, não havia motorista que não diminuísse a marcha para espiar os destroços ainda fumegantes. Eu também. E no meio do óleo derramado, da ferragem decomposta, vi estendido no chão o corpo carbonizado de um homem pequeno, um pouco gordo, que segurava numa das mãos os restos do que parecia ter sido uma ave de grande tamanho.

Evidentemente nunca contei essa história a ninguém.

De anjos e guardas

Outro dia entrei numa livraria, dessas das grandes cadeias comerciais orientadas para o público de massa, e surpreendi-me com ver expostos sobre um enorme balcão em forma de mesa todo um mostruário de livros sobre anjos, só comparável em quantidade e ostentação ao balcão contíguo que expunha os livros de auto-ajuda. Confesso que fiquei atônito. Pensava que a questão da existência ou não dos anjos já de muito estivesse varrida para debaixo do tapete. Saí da loja com esses pensamentos quando me deparei com um cartaz aceso em frente a um edifício um tanto decrépito que anunciava a palestra, naquela mesma noite e lugar, de um reverendo cujo nome não guardei, algo assim como Foster ou Poster, sobre a presença angelical em nossas vidas.

Olhei o relógio, a conferência teria início dentro de cinco minutos. Algumas pessoas entravam apressadamente no local. A elas me misturei num impulso que não sei explicar. De repente me vi entrando numa sala escura e modesta, onde umas trinta ou quarenta pessoas ocupavam dois terços dos lugares, de frente para um estrado iluminado onde havia apenas uma mesa simples e uma cadeira. Olhei em volta um tanto constrangido, com receio de ser notado por alguém conhecido, e sentei-me numa cadeira de lado, perto da porta dos fundos, para deixar aberta a possibilidade de uma saída estratégica, se necessário.

Na hora certa, levantou-se da primeira fila uma senhora já grisalha que agarrou da mesa um microfone sobre o qual bateu com os dedos, como é costume, para ver se estava funcionando, e, após agradecer a presença do "numeroso" público presente, fez uma apresentação sumária do orador da noite. Por suas palavras deduzi que a conferência fazia parte de um ciclo de estudos sobre questões espirituais da maior importância para o homem contemporâneo e que o orador era uma grande autoridade americana, já havendo publicado livros sobre o assunto, mas falava bem português, tendo vivido algum tempo no Rio Grande do Sul.

Mr. Foster, na verdade, era o retrato do missionário americano, se é que existe um tipo humano para isso.

Alto, corpulento, impecável na sua camisa branca, na sua gravata estreita, no seu terno da C&A, nos seus óculos sem aro lavados com sabonete. Mas o que logo me fascinou nele foi a convicção ingênua e compungida com que falava, o que, se não contagiava, encontrava uma receptividade patética na audiência composta em sua maior parte de mulheres e onde, para minha surpresa, era grande a presença de jovens.

Não sou capaz de reproduzir o que foi a palestra de Mr. Foster, ou Poster, mas recordo bem alguma de suas ênfases especiais que, se no começo me chocaram, logo me divertiam e, ao cabo, deixaram-me estupefato.

Como se estivesse a responder à indagação com que entrei na sala, Mr. Foster começou a palestra dizendo que estava a humanidade entrando numa época de intensa luz e crescente amor, o que conduzia a que não fossem os anjos tão necessários, agora, para guardar-nos, senão apenas para guiar-nos na direção de uma cada vez mais profunda autoconsciência. Os anjos voltaram a falar — e a falar forte —, disse, trazendo os seus impulsos e pondo as suas forças à disposição do homem. Este processo se desenvolve ininterruptamente, permeando todas as culturas e religiões e afetando até mesmo as pessoas que se dizem ateístas. Esta última observação tomei-a como dirigida especificamente a minha humilde pessoa.

Mr. Foster falou por cerca de uma hora e, de fato, revelou um conhecimento tão profundo, não só de tudo quanto poderíamos considerar os aspectos externos à natureza dos anjos, como, e isso sim era surpreendente, da intimidade dos anjos. Assim, por exemplo, afirmou que vistos pelos anjos, os homens só surgem como uma imagem nítida e luminosa na medida em que estejam revelando suas melhores qualidades e intenções. Tudo aquilo que pertence ao cotidiano material, ou à compulsão causal do mundo físico, para usar suas próprias expressões, é apreendido pelos anjos como se fosse uma região escura numa pintura. Por outro lado, quanto mais impulsionadas forem nos homens as preocupações superiores do espírito — intelectuais, artísticas ou religiosas —, mais nítidos ficam os contornos, mais fortes as cores e mais brilhantes as imagens que um anjo pode formar. Desta maneira, embora os anjos não tenham um acesso direto às condições materiais, crescem as possibilidades de suas intervenções nas forças positivas da vida individual dos homens, especialmente em assuntos que dizem respeito ao destino e à orientação da vida no seu todo.

Algumas coisas que explicou eram para mim novidade. Assim, até aquela noite eu guardara, do que aprendera na infância, que a cada pessoa era designado, por ocasião do batismo, um anjo individual que a acompanharia até o fim de sua existência terrena. Ora, Mr. Foster disse que os anjos da guarda podiam ser mais de um, dois ou três, e acrescentou que nenhum deles era permanente. Quando uma pessoa já aprendeu com um deles tudo o que ele podia ensinar, ele era substituído por outro. Em certos casos, diante de necessidades específicas, Deus podia mesmo criar um anjo, por assim dizer, ad hoc, para resolver uma necessidade particular. Essa última afirmação me deixou perplexo, pois, tanto quanto eu tinha sido ensinado, os anjos, em sua totalidade, haviam sido instituídos antes mesmo da criação do mundo e do homem e seu estoque era inalterável e permanente. Talvez a informação transmitida pelo conferencista derivasse do reconhecimento de que a evolução da humanidade é constantemente criadora de novas necessidades, pois o próprio Mr. Foster afirmava que você pode invocar um anjo para ajudar-lhe em casos concretos, como, por exemplo, um problema com o computador. *There is no limit to what you may ask an angel to do for you*, deixou escapar Mr. Foster em inglês, logo se corrigindo para afirmar, em bom português, que não há limite no que você possa pedir a um anjo que lhe acuda. Há um anjo para cada função que você possa imaginar. Os anjos sentem real alegria e têm prazer em oferecer sua sabedoria para auxiliar os homens a quem têm a responsabilidade de guiar. *They are eager and excited at the opportunity to communicate with you*, deixou escapar novamente em inglês, talvez porque verdades de tal gravidade soem melhor na língua materna, logo traduzindo, para conhecimento geral, que eles vivem ansiosos e animados com a oportunidade de se comunicarem com você.

Mr. Foster não deixou de abordar a questão, para mim crucial, de saber quando e como poderíamos saber se estávamos em comunicação com algum conselheiro angelical. Reconhecia que os anjos não andam mais aparecendo a toda hora, como parece ter ocorrido com certa freqüência em tempos bíblicos. Aparecem, porém, ainda hoje, mas nas formas mais adequadas à missão que estejam cumprindo. Estas podem ser várias. A forma humana é corrente. Mr. Foster citou o caso recente de um anjo que apareceu a uma senhora americana na forma de uma menina vestida pobremente e descalça. Deu mesmo o detalhe de estar com os pés sujos. Aquela tinha sido a forma mais apropriada de tocar naquele momento o coração da americana. Outras vezes sabe-se de sua presença por sinais insignificantes. Não sentiu você alguma vez um sopro de ar fresco na nuca estando sozinho em algum lugar? Pois pode muito bem ter sido causado por um anjo passando apressado a seu lado para uma conferência de anjos.

Outra informação prestada por Mr. Foster e que me causou surpresa e, até mesmo, um pouco de indignação retroativa, foi a de que nem sempre os anjos da guarda trabalham full-time, que podem, mesmo, ser revezados.

Eu olhava em volta a cada vez que Mr. Foster, com um sorriso beatífico, voz branda e insinuante, comunicava os segredos da psicologia angelical que tão bem conhecia. Algumas pessoas cochilavam, os homens. A maioria, porém, bebia cada palavra do missionário americano com avidez, com fervor. Penso que boa parte achava que, a partir daquela noite, iria se comunicar melhor com seus respectivos anjos da guarda.

Não esperei pelas palmas e saí antes de todos assim que Mr. Foster deu por encerrada sua prestação. A rua estava fria e subi as abas do paletó para proteger-me da aragem. Resolvi regressar a pé para casa, a fim de poder digerir no caminho o amontoado de sandices que me fora ministrado. Teria uma meia hora de caminhada, o que faria bem à minha cuca. A meio caminho pensei em procurar Amélia, que não morava longe de onde eu estava. Amélia era uma companheira ocasional, com quem por vezes eu me encontrava. Gostávamos de ir ao cinema juntos e comer alguma coisa nos bares da cidade depois. Ríamos muito, pois compartilhávamos o prazer muito especial de zombarmos das idiotices humanas. Freqüentemente a noite terminava na cama. Na dela ou na minha. Havia tempos não nos víamos. Ela estava de namoro firme com um amigo comum e, em sã consciência, eu achava, nós achávamos, creio eu, pois Amélia devia pensar da mesma forma, que não devíamos correr o risco de perturbar aquela relação aparentemente promissora.

Não sem uma voz interna que me condenava, ou, pelo menos me alertava, parei na esquina que separava os caminhos que levavam à minha casa, se em frente seguisse, ou à casa de Amélia, se a esquina dobrasse. Tão pronto virei a esquina, ouvi passos atrás de mim. Estavam próximos e pareciam seguir o ritmo dos meus. Temi um assalto. Não é isso o que se pensa, imediatamente, nas noites desertas desta cidade? Diminui o ritmo das passadas para deixar que quem me seguia pudesse ultrapassar-me. O estranho diminuiu igualmente o dele. Parei na próxima esquina, como se estivesse hesitando sobre o rumo. O estranho parou a dois passos de mim. Não podíamos continuar naquele jogo. Voltei-me para olhá-lo. Era de fato um homem, da minha altura, vestido como eu, de terno e gravata, mas não consegui ver-lhe o rosto. Tinha-o voltado para a rua e a face borrada, como nas fotografias de jornal quando se quer esconder a identidade de alguém. Não me olhava, mas era fácil perceber que, com o canto do olho, estava atento ao que eu fazia. Quis abordá-lo, mas senti o perigo, ou o ridículo da situação. Andei mais um quarteirão, com o estranho colado à minha sombra. A essa altura, eu estava entrando em pânico. Atravessei a rua e tomei a calçada do lado oposto no sentido de regresso ao ponto de partida. Parei de ouvir os passos do meu seguidor. Olhei para trás e, de fato, lá se encontrava ele, imóvel, sob a luz do poste, no lugar de onde eu iniciara meu regresso. Retomei a direção de casa e não mais fui por ele importunado.

Dormi mal. Não conseguia explicação racional para o que me acontecera na rua. As coisas simplesmente não ocorrem daquela forma. Se não era um assaltante, por que razão aquele homem me seguia? Por que eu não conseguia ver o seu rosto? Por que, tão pronto desisti do meu intento de procurar Amélia, ele abandonou sua perseguição? Não queria dar crédito às baboseiras que havia escutado de Mr. Foster, mas não parecia o que me havia acontecido àquelas histórias que são escolhidas para ilustrar o tipo de conferência a que eu havia assistido? Não poderia um Mr. Foster qualquer narrá-la como um exemplo da materialização de um anjo da guarda para impedir uma ação delituosa ou culpada de um seu protegido? Não me conformava com uma explicação tão simplória, pois não havia dado crédito a nada do que eu havia escutado.

Nada mais tão explícito voltou a me ocorrer. Mas confesso que não posso sentir uma aragem na nuca num lugar quieto, onde o vento não seja aparente, que não me venha à mente, sem que eu possa afastá-lo, o pensamento inquietante de que eu possa estar sendo observado por algum ente imaterial ou estorvando o caminho de algum anjo apressado para uma conferência.

A 49ª vítima

Conheci o Augusto nos tempos de colégio. Sempre foi assim, metódico, obsessivo. De todos na classe, talvez em todo o colégio, era o único que tinha sempre os deveres em dia, os livros escolares impecavelmente conservados, os cadernos preenchidos caprichosamente, com sua letra miúda e arredondada, os parágrafos alinhados, as páginas virgens imaculadas. Nunca uma mancha de tinta na camisa ou nos dedos, os sapatos sempre engraxados, os cabelos rigorosamente penteados. Nos burlávamos dele, mas, no fundo o admirávamos e até, com um pouco de malícia, o invejávamos. Não pela preferência ostensiva de que gozava junto aos padres, mas porque terminava sempre por ser o mais bem informado, talvez mesmo o mais instruído de nós todos. E porque nunca se furtou a nos ajudar, a qualquer um, sem parti-pris, quando a ele recorríamos para obter a solução de algum problema matemático, ou mesmo para questões que não lográvamos resolver de análise gramatical, história ou geografia. Seu forte, porém, era o cálculo das probabilidades, uma matéria que a ninguém mais na classe interessava e que nele era capaz de produzir verdadeiro êxtase. Divertia-se em inventar questões que ultrapassavam os exercícios para ele simplórios que figuravam no livro escolar. Calcular, por exemplo, o número de vezes que poderiam dois dados lançados apresentar valores iguais se lançados cinqüenta vezes, parecia-lhe infantil. Gostava de introduzir fatores aleatórios para tornar mais complexo o problema e delirava de alegria quando suas maquinações davam certo. A longo prazo tornava-se enfadonho e terminávamos por deixá-lo sozinho, com suas elucubrações, que não conseguíamos acompanhar, e íamos gozar nossos momentos de recreio em outro lugar.

A universidade nos separou. Fui estudar Medicina e ele Direito. Nossas faculdades eram distantes uma da outra e perdemos, quase por completo, a oportunidade de nos vermos. Já de há muito havíamos concluído nossos respectivos cursos quando um acaso nos reaproximou. Tornara-me clínico geral e certa tarde foi dar ao meu consultório um casal que não era outro senão meu velho colega Augusto acompanhado de Clara, uma antiga namorada minha que eu não via há séculos. Era ela quem vinha consultar-se. Queixava-se de agudas enxaquecas às quais nenhum remédio parecia trazer alívio.

Augusto havia ganho algum peso. Era agora um homem robusto, de pele tisnada pelo sol, com um princípio de calva nos dois lados da testa, e um bigode que nem era suficientemente espesso para dar-lhe um ar circunspecto, nem fino o necessário para fazê-lo parecer leviano. Clara não era mais a adolescente que me fizera sonhar delícias que nunca alcancei. Havia adquirido um certo ar de domesticidade que poderia preludiar uma madurez pequeno-burguesa de pessoa assentada na vida. Minha surpresa foi grande e não consegui disfarçar o espanto pelo reencontro com um e com outro. Augusto percebeu meu embaraço e perguntou-me diretamente se já conhecia Clara. Tive que dizer que sim. Que havíamos sido quase vizinhos, quinze ou vinte anos antes, e que não nos tínhamos voltado a ver a partir de então. Desconversei perguntando-lhe como tinha sido a sua vida desde que nos havíamos separado ao terminar o colégio. Que fazia agora. Para pô-lo à vontade, fui logo dizendo que eu também me casara, mas que meu casamento não havia dado certo e estava separado há mais de quatro anos. Felizmente não havíamos tido filhos. Pensando bem, acho que ofereci esses detalhes mais querendo passar a informação a Clara do que ao

Augusto. Uma dessas artimanhas que o inconsciente elabora à nossa revelia. Disse que era médico, como ele estava percebendo, e que me sentia bem na minha carreira. Augusto reciprocou-me as informações dizendo que concluíra o curso de Direito, mas não seguira a advocacia, como queria a família. Era delegado da Polícia Rodoviária, uma profissão que eu talvez achasse surpreendente, mas que ele abraçara por vocação e que lhe dava muita possibilidade de realização pessoal. Casara-se com Clara há três anos e tinham dois filhos. Terminada a consulta trocamos endereços e ficamos de nos telefonar.

Fui eu a telefonar. Confesso que relutei e tive um certo sentimento de culpa quando Clara atendeu o telefone e, de repente, senti que era a voz dela que eu esperava escutar, e que era para ouvi-la que eu havia chamado. Senti-me como que apanhado no laço e devo ter gaguejado ao dizer-lhe que tinha tido um grande prazer em reencontrar o meu colega de juventude e que queria convidá-lo, convidá-los, para virem tomar um drinque em minha casa. Clara disse que ia passar o telefone a Augusto para que eu mesmo falasse com ele. E assim marcamos nosso primeiro encontro.

Tudo o que vem agora não tem qualquer importância para o que eu quero contar. Posso resumir em duas palavras: tornei-me amigo íntimo de Augusto e amante íntimo de Clara. Como se sabe, essa é uma situação que não pode ser sustentada por muito tempo. Augusto desenvolveu uma estima leal e demonstrativa por mim, consultando-me constantemente sobre problemas profissionais e pessoais, estes últimos muitas vezes relacionados com o comportamento de Clara, cujas enxaquecas, que eu já diagnosticara para mim mesmo como psicossomáticas, era um constante empecilho a um entendimento sexual que fazia-lhe falta e ameaçava a harmonia doméstica. Eu procurava consolá-lo acenando com um progressivo arrefecimento das tensões em que vivia sua esposa que eu atribuía, honestamente, à insatisfação que Clara ressentia com a falta de variedade em sua vida, confinada a esperar, continuamente, que sobrasse tempo na vida profissional do marido para que ele pudesse dar-lhe um pouco de atenção. Disse isso com tato, obviamente, para não colocar meu amigo na defensiva. Na verdade, as frustrações de Clara, inclusive as sexuais, eram o resultado do abandono em que se sentia pela maneira absorvente com que Augusto se dedicava ao trabalho, chegando em casa tarde, em horas irregulares, todos os dias da semana, ignorando os sábados e os domingos, quando, por vezes, passava horas no telefone, nunca tirando férias e só falando em casa de assuntos da sua profissão, um tema que não oferecia qualquer atrativo para sua desolada e desligada esposa. Senti que

Augusto não concordava com minha análise e se achava, ao contrário, um esposo perfeito, alegando, inclusive, sua inabalável fidelidade à esposa, assertiva que me deixou um tanto constrangido.

A crise entre ambos atingiu o ápice ao aproximar-se a Semana Santa. Sobre o que se passava em sua casa eu era informado regularmente, a contragosto, devo dizer, mas como espontâneo e necessário desabafo de Clara nos nossos encontros hebdomadários. Esses momentos a sós, de início antecipados com impaciência, tornavam-se, a cada ocasião, menos prazerosos e mais desconfortáveis. Clara só tinha palavras para queixar-se e, muitas vezes, se justificava de não querer ter mais qualquer intimidade física comigo por sentir-se cheia de culpa.

Foi numa dessas conversas de fim de tarde, que o tempo cinzento lá fora parecia conspirar para que se tornasse ainda mais desagradável, que me contou algo que revelava a razão provável do agravamento da crise doméstica. Estava Augusto completamente absorvido, dizia-me, pelos cálculos que fazia incessantemente para afinar suas previsões sobre o número de pessoas que iriam morrer em acidentes de tráfico no próximo fim de semana. Há anos vinha ele procurando aperfeiçoar o método que desenvolvera para tornar mais preciso o cálculo de acidentes fatais nas estradas do estado. Inquiria de tudo, da condição das estradas, dos trechos em que havia obras, do número de carros que passava pelos pedágios, do estado geral da frota automobilística, das variações de tempo previstas, do consumo de bebidas alcoólicas principalmente nas estações de serviço, para isso tendo montado, inclusive, um sistema de pesquisa por amostragem cujo grau de acurácia vivia testando. Nos dois últimos anos havia chegado a previsões realmente bastante aproximadas do que veio de fato a ocorrer e este ano pensava acertar na mosca. Seriam 49 as vítimas fatais de acidentes na estrada entre meio-dia da Quinta-feira Santa e seis horas da manhã da segunda-feira. Estávamos na quarta-feira e já desde a véspera Augusto não aparecia em casa. Dormia na delegacia, alimentava-se com sanduíches para não ter que ausentar-se e perder os contatos necessários à instrução de sua planilha de informações. Sua agitação era motivo de chacota entre os colegas e subordinados que chegaram a montar um banco de apostas sobre os resultados das fatalidades.

A informação que agora Clara me passava veio como uma iluminação. Lembrei-me do garoto gorducho que nos exasperava a todos com seus obsessivos cálculos no colégio e podia facilmente imaginar o que estavam sendo os dias de Augusto no momento. Não me surpreendia, portanto, o abandono em que podia ter deixado Clara e bem podia imaginar como ela se sentia. Obviamente, no estado em que se encontrava seria inútil esperar que fôssemos para a cama. Procurei, pois, acalmar-lhe os ânimos e suavemente dispensá-la prometendo ajudá-la no que quer que fosse, se de mim precisasse durante o fim de semana que se prenunciava longo e penoso.

Não pensei demais nem nas maluquices de Augusto nem no sofrimento de Clara e procurei passar os dias de folga que se anunciavam da melhor maneira possível, jogando vôlei na praia e jantando com amigos. Foi, pois, surpresa receber o telefonema de Clara a uma hora da madrugada da segunda-feira. Estava aflita, preocupada, sem saber o que fazer, com falta de notícias de Augusto desde a manhã do domingo, e pedia que fosse a sua casa. Precisava de mim e eu havia prometido ajudá-la.

Apressei-me em ir ao seu encontro, confesso que com sentimentos desencontrados. Sentia-a angustiada e achava que um pouco de companhia, solidariedade e compreensão poderia ajudá-la. Ao mesmo tempo, não podia desligar-me da esperança, guardada um pouco encoberta sob a fina camada de meus bons propósitos éticos, de que esse encontro me pudesse dar a oportunidade de tê-la em meus braços mais uma vez, e, talvez, amá-la na cama de Augusto, um pensamento canalha que eu não conseguia reprimir.

Clara estava mesmo num estado deplorável. Havia chorado e tinha os olhos e o nariz vermelhos. Armei-me de todo o cavalheirismo de que era capaz para consolá-la sem tocar-lhe o corpo, o que, sei, me despertaria os desejos inoportunos que receava e não deveria alimentar, cuja revelação poderia estragar um momento que deveria ser de entendimento e de genuíno apoio. Disse-me, quase em soluços, que estava superpreocupada com o Augusto, que a obsessão do marido com a estatística das fatalidades da semana lhe parecia malsã, sinal de um desequilíbrio mental e de uma frigidez moral que a deixava perturbada, com raiva do marido e, ao mesmo tempo, com pena. Não estaria ele precisando, nesse momento, da ajuda que ela pudesse lhe prestar, entendendo suas razões, para poder manter aberta uma porta de diálogo que permitisse, depois, com calma e abnegação, trazê-lo de volta a um estado mais normal de apreciação da realidade à sua volta e das dimensões de seu comprometimento profissional? E em que medida ela não teria sido culpada de haverem chegado a tais extremos as excentricidades de Augusto? Teria dado a ele, ao longo do caminho, a compreensão e o auxílio que o tivessem permitido ter um olhar mais distanciado dos problemas da sua profissão? Sua frieza e seu desinteresse pelas coisas que ele fazia não o teriam progressivamente afastado dela e deixado absorver-se pelo trabalho? Teria tempo ainda de fazer reverter o deslizamento ladeira abaixo do seu casamento? Sentia-se mal pelo relacionamento que se havia estabelecido entre ela e mim. Tinha certeza de que Augusto lhe era fiel e se envergonhava de havê-lo traído de maneira tão ignominiosa com uma pessoa que se fazia passar por amigo.

A essa altura interrompi-a para dizer que ela não podia falar assim, que eu era, sinceramente, amigo de Augusto.

Senti que a havia interrompido no momento errado. Minha afirmação soava falsa no contexto daquele desabafo e Clara sentiu-se ferida com ela. Se eu era realmente amigo de Augusto, sua traição fazia-a ainda mais vil, mais culpada. Procurei redimir-me dobrando os esforços para entendê-la e dar-lhe com mais cuidado o suporte de amizade de que estava precisando. Disse-lhe que ainda era tempo de tentar consertar tudo. Procuraríamos estar mais com Augusto, dar-lhe mais compreensão, companhia, afeto. Isso em nada diminuiria o amor que sentíamos um pelo outro. Ao contrário, ao sublimá-lo estaríamos dando provas de nossa própria grandeza de alma. Quase convencia a mim mesmo do que estava dizendo. Notei que Clara pensava que eu estava sendo sincero ou, pelo menos, queria pensar. Agradeceu-me efusivamente, sorriu mesmo, e beijou-me na face. Disse que iria ao encontro de Augusto. Queria estar com ele às seis horas, qualquer que fosse o resultado de suas previsões, para festejá-lo ou para consolá-lo. Iniciariam o dia como dois companheiros que se encontravam após uma prova difícil. Me chamaria quando voltassem. Talvez pudéssemos começar nossa caminhada redentora amanhã mesmo. Almoçaríamos juntos e riríamos, alegres, do sucesso ou do insucesso das previsões de Augusto, com desembaraçada autocomplacência, dando às coisas o valor real que elas merecem.

Quis dissuadi-la de ir procurar Augusto àquela hora da madrugada. Nem podíamos saber ao certo onde ele se encontrava. Clara já tinha pensado nisso e contatara-o pelo celular antes de minha chegada. Estava no ponto onde achava mais provável que ainda viesse a ocorrer um acidente até o fim do prazo que se havia dado. Chamavam-no de "curva da morte", por isso mesmo que eram fatais os acidentes ali ocorridos, sobretudo com motoristas embriagados.

Despedi-me de Clara com um beijo na testa e tomei o meu carro para voltar para casa. Algo me dizia, porém, que não devia tê-la deixado partir, ou que, pelo menos, devia tê-la acompanhado, não deixá-la dirigir no estado emocional em que se encontrava. Ao mesmo tempo, achava que não devia interferir nos planos de Clara. Ela não queria ir ao encontro de Augusto acompanhada do amante e a que título o amigo, íntimo é verdade, mas discreto e respeitoso, poderia comparecer ao lado da esposa no momento solene que se anunciava para a reconciliação entre ambos. Cheguei à frente de minha casa nesse estado de alma. Numa súbita resolução dei marcha a ré e tomei o caminho que me levaria para fora da cidade. Com sorte, eu poderia interceptar o carro de Clara a tempo de evitar que algo lhe viesse a ocorrer.

Clara deve ter dirigido a alta velocidade pois não via sinal de seu carro na estrada. Chovia e na direção das saídas da cidade o tráfico era ralo, havendo mais gente regressando do que partindo. Ao aproximar-me do local onde Clara me havia dito devia estar Augusto e sua equipe, notei, de fato, que havia uma aglomeração de carros policiais, com suas luzes giratórias, e até uma ambulância. Um guarda rodoviário me fez sinal para parar no acostamento. Abri o vidro para saber o que se passara. Um acidente, informou-me, e a estrada está temporariamente impedida. Perguntei-lhe se era recente e soube que havia ocorrido não se haviam passado ainda nem dez minutos. Larguei o meu carro e dirigi-me correndo para o local do acidente. Ali só havia policiais. O meu era o primeiro carro a chegar na área do sinistro. Uma barreira de homens atarefados cercava um Palio branco que, bem na curva, havia provavelmente derrapado e se chocado contra a barreira de pedra do lado oposto ao precipício. Meu pressentimento virou uma certeza. Era o Palio de Clara. Indaguei se a condutora estava viva. Disseram-me que estavam tentando retirá-la da ferragem, mas que não parecia haver esperanças de que ainda estivesse com vida. Aproximei-me do local procurando na multidão de rostos o de Augusto. Devia estar lá, pois era onde havia dito a Clara que ficaria a postos para o que pudesse acontecer. Vi-o de costas, olhando os policiais que procuravam retirar o corpo de Clara de dentro do carro. Aproximei-me dele e pus a mão no seu ombro. Augusto voltou-se para mim e sem uma palavra mergulhou a cabeça no meu ombro e pôs-se a chorar convulsivamente.

Ganhara a aposta. O dia começava a nascer e Clara havia sido a 49ª vítima.

Zezita

Conheci Zezita quando ela já era santa. Todo mundo dizia isso e muitos ofereciam testemunhos insofismáveis nesse sentido. Atribuíam-lhe poderes demonstrados de curas ligeiras e feitos extraordinários de asceses pesadas. Salvara um menino que estava por morrer, sem poder falar, a face arroxeada, o olhar fixo de medo num ponto impreciso. Zezita chegou, pôs a mão na sua cabeça, disse-lhe qualquer coisa ao ouvido, e da boca aberta do menino saltou o caroço de cajá que o sufocava. Outra vez recuperou com suas orações uma menina que estava tuberculosa. Zezita era capaz de passar horas rezando ajoelhada sobre caroços de milho, com os braços abertos em cruz. Nas sextas-feiras nada comia, passava o dia a água.

Zezita tinha o olhar desligado das pessoas em êxtase permanente. Um sorriso constante lhe aflorava aos lábios, beatífico chamavam-lhe as comadres. A fala era doce, melíflua diriam os poetas. Os gestos eram suaves, fingidos, dizia o meu pai. Sim, porque nem todos estavam de acordo a respeito das virtudes espirituais de Zezita. Sonsa, ouvi seu Azevedo dizer. Aproveitadora. Mas aproveitadora de quê?

Zezita vivia numa casa modesta, com a mãe e uma irmã pequena de quem cuidava. Cuidava com o exemplo de suas virtudes, ao que se saiba, porque Zezita não tinha fonte de renda e, se não sofria com as privações que impunha ao próprio corpo, não é certo que não arrastasse suas duas companheiras para excessos de privações iguais às suas. Só que involuntárias.

Vestia-se com uma espécie de túnica de algodão branca que lhe caia aos tornozelos, a cintura amarrada por um rosário de contas grandes como avelãs, ou talvez feitas com avelãs, do qual pendia um crucifixo de quase um palmo de comprimento que Zezita levava freqüentemente aos lábios. Pelo menos assim o fazia cada vez que na recitação do terço passava por um padre-nosso.

Zezita assistia diariamente à missa das seis horas, sendo sempre a última a se aproximar da mesa de comunhão. Sabiam que era assim, e, às vezes, o próprio celebrante, segurando o cibório com uma mão, enquanto a outra mantinha no ar a hóstia consagrada, a esperava chegar, caminhando de cabeça baixa, a mais humilde das servas do Senhor. Nunca faltava a um tríduo, uma novena, uma trezena, uma bênção, um tedéum, e, recolhida num canto da nave, por baixo do púlpito, nunca faltou à recitação dos ofícios vespertinos dos frades na igreja do convento de São Francisco.

Zezita me fascinava. Eu também, até bem pouco tempo antes de conhecê-la, queria ser santo. Trabalhei arduamente para isso. Privava-me das comidas de que mais gostava para oferecer meu sacrifício à redenção abreviada das almas no purgatório. Sofria com generosa sinceridade ao saber dos terríveis flagelos que assolavam as populações da África, lastimava a ignorância das verdades cristãs que predestinava ao inferno tantos milhões de seres que viviam na União Soviética. Na Rússia, dizíamos. Condoía-me ao ver as chagas de algum mendigo com erisipela que viesse pedir esmola à porta de nossa casa. Mas não conseguia, nessas horas, agüentar seu odor e, se o preço da santidade fosse lamber suas feridas, como santa Margarida Alacoque fazia, ou lavá-las e depois beber a água com os pedaços de pele que houvessem largado, como santa Clara de Assis, eu imediatamente renegava meus votos de santidade. Senti que a minha vocação desaparecera no dia em que joguei fora as aparas de unhas que eu zelosamente juntava num vidrinho vazio de tintura de acônito pensando na hipótese de morrer cedo, deixando, com essa precaução, um pequeno stock de relíquias corporais duradouras à disposição de futuros devotos.

Tive o privilégio de ver Zezita de perto. Digo ver, e não conhecer, porque embora tivéssemos vivido duas semanas sob o mesmo teto, no engenho Ipojuca, por ocasião da visita anual do capelão, para ouvir as confissões, fazer os casamentos e dar a primeira comunhão aos colonos e filhos de colonos, Zezita nunca me dirigiu a palavra. Talvez o tivesse feito se soubesse da minha prévia vocação secreta para a santidade. Seríamos colegas. Zezita só tinha olhos e tempo para o capelão que parecia estar convencido de suas excelsas qualidades espirituais. Excelsas, como as de Maria. Ou como as das muitas santas que eram os modelos sobre os quais Zezita pautava sua conduta.

Zezita era uma grande leitora de livros pios. Sabia de cor inúmeras passagens da *Imitação de Cristo* e trechos da Bíblia, da qual conhecia apenas o Novo Testamento. Tinha todos os livros de Ellizabeth Leseur. Mas foi a descoberta da *Legenda áurea*, de Jacques de Voragine, na biblioteca do convento das carmelitas, que elevou de vários degraus sua percepção das possibilidades de experiências ascéticas e místicas. Sonhava com poder entrar para o rol das virgens e mártires e lia e relia as vidas de santa Inês, santa Ágata, santa Juliana, santa

Cristina, santa Eufêmia, santa Justina, santa Margarida ou santa Cecília. Imaginava as delícias supremas que seria ter os seios decepados, ser colocada em um caldeirão de resina fervente, chicoteada por trinta e sete soldados, ter a cabeça decepada enquanto o sangue que jorrasse matasse seis mil pagãos. Passava horas vendo as ilustrações desses feitos gloriosos e invejando as predecessoras que haviam podido, com tantos deliciosos sofrimentos, participar das dores daquele que havia padecido, de modo semelhante, para a salvação de sua alma, dela Zezita, escolhida desde toda a eternidade.

A descoberta de são José de Cupertino foi sua mais bem aventurada epifania. Amava o santo com todas as forças de sua alma. Apreciava sua extrema simplicidade, a maneira como sabia sofrer as humilhações que lhe causavam a ignorância e o descaso dos monges supostamente mais sábios, por serem seus superiores, ante sua própria sabedoria, toda feita de desprendimento das coisas terrenas, de humildade perante o mistério das coisas mais simples, de silêncio e de recusa dos fáceis ouropéis dos prestígios temporais. E foi então que Zezita descobriu sua verdadeira vocação, para onde se encaminhava toda a sua ascese, todo o seu misticismo, cultivado sem trégua por anos a fio. Zezita descobriu que era chamada a dar a mais bela demonstração de sua santidade, da escolha que lhe fizera o Senhor. Zezita queria, Zezita sabia que, com o poder da fé que lhe sustentava, poderia levitar. Não imediatamente, conformava-se, como são José de Cupertino desprendendo-se do solo vertiginosamente para o alto de oliveiras ou amendoeiras, cruzando pastos, alçando-se de um jato a campanários, mas elevando-se apenas alguns poucos centímetros acima do chão, e já seria o bastante.

Quase nada se sabe das experiências de Zezita nessa nova modalidade de empolgação mística. Zezita aparentemente não comentou com ninguém o que procurava alcançar, mas passou a ser freqüentemente vista em oração na ponta dos pés, em frente ao oratório de sua casa, ou diante dos altares das igrejas, como se quisesse alçar vôo.

Não é possível saber o que realmente aconteceu. Talvez seu confessor, Dom Bucardo, fosse a única pessoa a conhecer o itinerário das experiências místicas de Zezita em busca da levitação. Eu talvez tenha sido a única pessoa a observar seu derradeiro intento.

Eu ajudava missa na matriz de São Pedro dos Clérigos. Gostava particularmente de fazê-lo na missa das oito horas do domingo, que era mais solene do que as demais. Havia música, sermão e coro, e nós, os acólitos, vestíamos túnicas vermelhas com casulas brancas, de punho rendado. E foi na ocasião em que, ao lado direito do altar, lavava com a água da galheta as mãos do celebrante, após a consumação da hóstia consagrada, que, olhando casualmente para a nave, tive a atenção despertada pela figura de Zezita trepada na amurada do coro, de frente para o altar-mor. Foi tudo muito rápido. Em um instante Zezita se lançava do alto, com os braços em cruz e seu corpo caia pesadamente no solo, entre as fileiras dos bancos. O barulho foi forte e o padre assustado voltou-se para ver o que acontecia, fazendo com que a água da galheta caísse nos seus dedos fora da patena. Na nave dezenas de pessoas se precipitaram cercando Zezita, de costas para o altar. O padre por instantes não soube o que fazer, mas, dando-se conta de que não podia interromper a celebração da missa, apressou-se em terminá-la, dificultando-me pronunciar adequadamente as réplicas latinas que eu só sabia pronunciar no ritmo em que as havia decorado.

Nunca se soube o que realmente ocorreu. Ninguém conheceu as verdadeiras intenções de Zezita e era inconcebível pensar que ela houvesse se suicidado. Eu muito menos podia atinar com o que se passava, menino que era. Hoje penso, porém, que Zezita havia, sim, alcançado levitar. Pequenas levitações, é claro, diante do oratório de casa, mas levitações, em todo caso. Animada por essas ocorrências terá desejado realizar o grande ato dramático de sua vida, aquele que a elevaria, sem trocadilho, à magnitude de uma verdadeira e reconhecida santa. Armada de toda a fé que sua exaltação mística acumulara, Zezita tentou levitar do coro ao altar-mor para pousar no colo do Sagrado Coração de Jesus que de braços abertos a esperava, como são José de Cupertino naquela quinta-feira santa em que foi levado pelos ares de seu modesto lugar no coro da igreja para as portas do tabernáculo. E, talvez, naquela fração de segundo que transcorreu entre o momento em que ergueu os pés da amurada e lançou-se aos ares, lhe tenha faltado a fé que remove montanhas.

Este livro foi composto na tipologia Minion, em corpo 12,5/17, e impresso em papel off-white 80g/m² no Sistema Cameron da Divisão Gráfica da Distribuidora Record.